お金がないっEX
NOVEL SIDE

NO MONEY!
EX
NOVEL SIDE
by
HITOYO SHINOZAKI
TOHRU KOUSAKA

篠崎一夜

イラスト　香坂　透

NO MONEY!
EX
NOVEL SIDE

CONTENTS

秘密の恋人……7
困惑のアボガドロ定数……43
ヘヴィースケジュール……95

NO MONEY! EX SIDE

NOVEL

by
HITOYO SHINOZAKI
TOHRU KOUSAKA

電気羊と夢の国……147
新宿ワンダーランド……187
寝ても、覚めても。……225
番外編漫画（画：香坂 透）
タイムマシン再び……275
あとがき……284

NOVEL

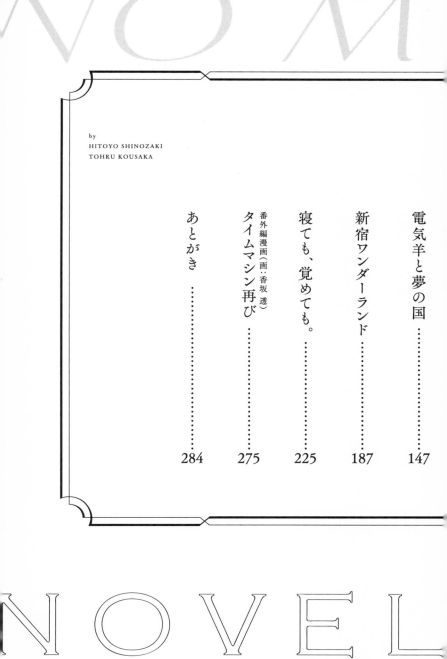

本作品はフィクションです。
実在の人物・団体・事件などには関係ありません

秘密の恋人

いけないことだと、分かっていた。

露見《ろけん》したら、大変なことになる。

頭では理解できていても、誘惑には抗《あらが》えない。自分の意志の弱さに、綾瀬雪弥《あやせゆきや》は薄い唇を引き結んだ。

白くすべすべとした眉間に、深い皺《しわ》が寄る。やさしげな形をした眉尻《まゆ》は、先程から下がりっ放しだ。

琥珀《こはく》色の瞳《ひとみ》も、心なしか潤《うる》んでしまっている。大丈夫だと声をかけ、甘やかしてやりたくなる色だ。同時に涙がこぼれるまで、追い詰めてみたくなる色でもある。

相反するもののようでいて、二つの欲求はよく似ていた。

長い睫《まつげ》を揺らす綾瀬は、どちらかといえば目立たない生徒だ。おっとりとして自己主張に薄く、人の輪の中心にいることは少ない。だが大学の友人たちに言わせれば、それも最初の夏休みまでのことだ。長い休みが明けた頃には、綾瀬を目で追う者はぐっとその数を増していた。

「で、どんな人なの？　綾瀬君の恋人って」

好奇心を隠さず尋ねられ、息が詰まる。

食べていたうどんを噴き出さずにいられたのは、奇跡に近い。代わりに、隣に座る木内孝則《きうちたかのり》が低く噎《む》せた。

「白状しなよ、綾瀬君。私、ちゃんと知ってるんだから。どこで出会ったの？　この大学の人？　違うよね。それっぽい人見たことないし」

「年上だろうって話だけど本当？　…あーでもショックだよぉ。こんな可愛《かわい》い綾瀬君に恋人がいたなんて」

学食のテーブルに、深々とした溜《た》め息《いき》が落ちる。向かいに陣《じん》取った女子生徒が四人、一様に綾瀬を注視していた。

「……誰から聞いたんだ、その話」

女の子たちの尋問に応《こた》えたのは、綾瀬ではない。焼きそばを水で流し込んだ木内が、同級生たちを見回した。

「野本《のもと》ちゃんから。綾瀬君が恋人と一緒に歩いてるとこを見たんだって」

迷いなく応えた女子に、木内が隣に座る綾瀬を見る。うどんを噴き出すことこそ免れたが、衝撃が去ったわけではない。水に手を伸《の》ばすこともできずにいる綾瀬の背を、左隣に座る山口和信《やまぐちかずのぶ》がさすった。

「見間違いなんじゃないのか。本当に綾瀬かどうか分からないだろ。もし綾瀬だったとしても、一緒にいたのは友だちとか親類かもしれないし」

綾瀬に、交際相手がいるか否か。

少くとも綾瀬が誰と暮らし、その相手とどんな距離でいるのか、それを学内で唯一知るのが木内だった。だからこそ、この話題を看過できないと思ってくれたのだろう。気色ばんだ木内に、女子がきっぱりと首を横に振った。

「間違いじゃないって。私も最初聞いた時はびっくりしたけどさ。本当に恋人なのよ」

「そんなわけない。綾瀬は…」

綾瀬は、男とつき合ってなどいない。いや、男とつき合っていたって問題はないが、それを周囲が面白《おもしろ》おかしく詮索《せんさく》するのは許されないことだ。

そう抗弁しようとしてくれた木内のシャツを、白い手がぎゅっと握る。制止しようとした綾瀬に気づき、木内が眉をひそめた。

「そんなわけないいって、どういう意味よ？」

「……だってそうだろ。大体どうして、絶対に恋人だって断言できるんだ」

「綾瀬君が、彼女だって言うから」

ね、と同意を求められた綾瀬の隣で、木内があんぐりと口を開いた。ことのなりゆきを見守っていた山口が、気の毒そうに茶を啜《すす》る。

「あ、綾瀬が…？　彼…女…？」

「野本ちゃんの情報だと、相手はすっごい美人なんだって！　綾瀬君、どうやってそんなカノジョと知り合ったの？」

輝く目で尋ねられ、背中を冷たい汗が流れる。女子だけでなく、見開かれた木内の視線もまた白いうなじに突き刺さった。

「……綾瀬、一体…」

「あ、あの、それは…、あの…」

「まさか綾瀬君にあんな相手がいたなんてびっくりだわ。超可愛いからすっごくもてるけど、ガードが堅すぎてみんな攻略不能だって思い込んでたのに」

「そうそう。登下校とか、超イケメンが入れ替わり立ち替わりお迎えに来てるって噂《うわさ》もあったでしょ。基本、飲み会は不参加だしさ。鉄壁のガードだから、逆にみんな安心してたんだよね」

うんうんと女の子たちに頷《うなず》き合われ、綾瀬はそっと昼食の盆を引き寄せた。

「……あの、俺、次の授業の準備が、ある、からこれで…」

「待てよ綾瀬。どうなってるんだ。彼女って」

申し訳ないことに、うどんはまだいくらかプラスチックの丼に残っている。しかしこれ以上、それを口に運ぶ気力はなかった。ふらつきながら席を立とうとした綾瀬を、木内が追いかける。

「まあまあ木内。落ち着いて取り敢《あ》えず飯食っちまえよ。ところで綾瀬、お前次の授業って三号館だろ？　俺も移動するから、よかったら先週の分のノート見せてくれねえか？」

「勿論《もちろん》だよ、山口」

助け船ともいえる友人の申し出に、綾瀬は大きく頷いた。残りのカレーライスを腹に収めた山口に倣《なら》い、木内もまた焼きそばを掻《か》き込む。そのまま席を立った綾瀬たちを、女の子たちが残念そうに見送った。

「今度彼女さんの写真見せてよ！」

「絶対だからね！」

手を振られ、笑顔が引きつる。突き刺さる木内の視線を意識しながら、綾瀬は学食を後にした。


手のなかの煙草《たばこ》入れへと、視線を落とす。

銀色のそれは、すでに空《から》に近い。明日の朝までには、新しい煙草を補充しておく必要がありそうだ。

細い息がこぼれてしまったのは、なにもその作業を面倒だと思ったからではない。昨日の大学でのやりとりを思い出したからだ。

彼女がいるというのは、本当なのか。

学食で女の子たちから投げられたものと同じ問いを、その後も繰り返し何人もの友人から向けられた。自分がどこの誰と交際しているかなど、特別興味を引く話題とは思えない。それにも拘《かか》わらず、多くの同級生たちがことの真偽を確かめようと綾瀬に声をかけてきた。

自分の浅はかさを呪《のろ》っても、すでに遅い。

好奇心を剝《む》き出しにして尋ねてこないのは、山口くらいだ。綾瀬が誰と暮らしているか、それを知る木内は心底驚いた様子だった。彼にこそは、きちんと説明しなければ。そうは思うが、しかしどう話せばいいのか。言葉を探すうちに一日の授業が終わり、結局なんの釈明《しゃくめい》もできないまま分かれてしまった。

休みが明けたら、今度こそ全て事情を打ち明けよう。

自分自身に言い聞かせた綾瀬は、背後で動いた気配に視線を振り向けた。

「お疲れ様です。狩納《かのう》さん」

食堂《ダイニング》の入り口に、大きな人影が立っている。

携帯端末を手にした、狩納北《そむく》だ。

毎日のように目にしているのに、こうして向かい合うたび新しい驚きが胸を打つ。

狩納は、見上げるほどに背の高い男だ。綾瀬が小柄であることを差し引いても、大きく顎《あご》を持ち上げなければその双眸《そうぼう》を仰ぎ見ることができない。がっしりとした体つきにも驚かされるが、狩納の容《よう》貌《ぼう》はそれ以上に人目を引いた。

彫りの深い顔立ちは精悍《せいかん》で、男らしく整っている。鋭利な双眸は、甘くやさしげな気配とは無縁だ。街中で擦れ違ったなら、視線を合わせるなどとてもできないだろう。それにも拘わらず、狩納という男には人の目を惹《ひ》きつけずにはおかない力があった。

「お前まだ起きてたのか」

響きのよい声が、綾瀬の背骨をぞわりと撫《な》でる。

ふるえてしまいそうな爪先《つまさき》に、綾瀬は慌てて力を込めた。

「明日は大学、休みなんです。もうお電話が終わられたのなら、なにか用意しましょうか？」

狩納が帰宅したのは、つい先程のことだ。

ゆっくり腰を落ち着ける間もなく、仕事の電話に居間《リビング》で対応していた。夕食はすでに終えていたが、もう何時間も前の話だ。きっと小腹が空いているだろう。

食卓へと簡単な肴《さかな》を並べ、綾瀬は手にしたままだった煙草入れを閉じた。銀色のそれは、言うまでもなく狩納の持ち物だ。この豪奢《ごうしゃ》なマンションもまたそうだった。

広々としたこの部屋で、綾瀬は狩納と生活を共にしている。真夏の夜に出会った男と、自分の意志で共に暮らすことを望んだ結果だった。

「そういや、明日は昼からバイトに入る予定だったな」

何事かを思い出した様子で、狩納が自らのネクタイに指をかける。上着はすでに、居間で脱いだのだろう。男らしく節の高い指が、ネクタイの結び目へと無造作にもぐった。

「なにかできることがあれば、午前中からでもお邪魔できますから言って下さい。レポートの提出も、先週で終わりましたし」

「だったらお前も少し飲まねえか。学校が休みなら、丁度いいだろ」

気楽に誘われ、綾瀬が琥珀《こはく》色の目を瞠《みは》る。

ここ最近の狩納は忙しく、帰宅後ものんびりと寛《くつろ》げている様子はなかった。今夜は少しゆっくりできるのなら、嬉《うれ》しい。はい、と明るい声で応え、綾瀬は冷えたビールを手に食堂へと戻った。

「学校って言えば綾瀬、お前つき合ってる女がいるんだってな」

差し出したビールの小瓶《こびん》を、狩納が受け取る。

女と、つき合ってるんだってな。

何気なく投げられたそれは、今日幾度となく同級生たちから向けられたものと同じ問いだ。何故《なぜ》そんなものが、今ここで話題に上《のぼ》るのか。え、と声を上げ、綾瀬は台所《キッチン》へ戻ることも忘れ男を見上げた。

「あ…、なん、で、狩納さんが…」

大学での出来事を、綾瀬はできる限り狩納に話すよう努めている。だがこの件に関しては、打ち明けていなかった。

打ち明けられる、はずがない。知られればただではすまないと、最初から分かっていた。

「偶然、耳に入ってな」

平然と、狩納がビールの小瓶を傾ける。そこに、怒りの影はない。自分を見下ろす狩納の双眸は、にやにやと笑ってさえいなかった。

明日大学が休みであるとか、レポートを終えたとか、取るに足らない雑談をしていた時とまるで変わりない。特別な含みを感じるどころか、むしろ今夜はいつも以上に寛いでさえ見えた。大型の肉食獣が、のんびりとした足取りで歩くのと同じだ。羨《うらや》むのも莫迦《ばか》莫迦しいほど長い足で、男が食堂の床を踏む。

「あの、…あ、あの、それは……」

事実をきちんと、話さなければ。

木内にどう説明するか、それを考えるだけで耳から煙が出そうだったのに、まさかこの場で狩納にも同じ言い訳を迫られるとは思ってもいなかった。

「俺、あの、が、ががががが学校の…」

「染矢《そめや》だろ？」

「……は？」

呆気《あっけ》なく向けられた名前に、頭のなかが白くなる。

「お前がつき合ってる女ってのは、染矢なんだろ？」

それは、問いではない。

確信と共に顎で示され、今度こそ息が詰まった。

「な…」

「どうせお前があのカマと歩いてるのを見た奴《やつ》が、誤解したって話じゃねえのか。染矢が女に見えるって時点で、そいつは視力検査が必要だろうがよ」

染矢というのは、狩納の幼馴《なじ》染みだ。

狩納が事務所を構えるのと同じこの新宿《しんじゅく》で、オカマバーを経営している。華やかな振り袖《そで》やドレスがよく似合う染矢は、性別だけを問題にするなら自分と同じ男性だ。しかし彼以上にうつくしい人を、綾瀬は他に知らなかった。

「そん、な…」

「違うのか？」

訝《いぶか》る、眼《め》だ。そこには綾瀬を問い詰めようとする悪意や、かまをかけて出方を見ようとする意地悪さは欠片《かけら》もない。あるのは、ただ純粋な疑問だけだ。

理解した瞬間、頭のなかでなにかが弾《はじ》けた。

「違います…ッ！」

思いの外大きく響いた声に、狩納がわずかに眼を見開く。だがそれも、驚愕《きょうがく》を示すには至らなかった。

「染矢じゃねえってんなら、誰だ」

あいつ以外、いるわけねえだろう。微塵《みじん》の疑念も挟まずそう断じられ、ぐぅっと喉《のど》の奥で変な音が鳴った。

「だだだ誰、って…」

狩納に隠れて交際している相手がいたとすれば、ここで名前を挙げるなどできるはずがない。

だが真実は複雑であると同時に、単純なのだ。大声で否定したものの、綾瀬には他に告げるべき名前など存在しなかった。

「そら見ろ。やっぱり染矢じゃねえか」

「ち、違いますったら…ッ！」

綾瀬君と一緒にいた女の人、すっごくきれいだったね。びっくりした。

大学の同級生である野本にそう嘆息されたのは、今週の始めのことだ。

狩納の指摘は、ほとんど正しい。

買い物に同行してくれた染矢と自分とを、野本は偶然目撃していたのだ。モデルさんみたいにきれいな人だね。もしかして綾瀬君、あの人とつき合ってるの。

驚きを込めて尋ねられ、否、とは応えられなかった。言うまでもないことだが、綾瀬は染矢と交際などしていない。

だが、えっと、とか、まあ、とか視線を泳がせながら言葉を濁した綾瀬に、同級生は大きく目を見開いた。

あんなきれいな人とつき合ってるなんて、すごい。なんで綾瀬君、そんな大事なこと黙ってたの。

何故ってそれは全部が嘘《うそ》で、あのうつくしい人は恋人などではないからだ。そうは思ったが、結局綾瀬は同級生の誤解を解くことをしなかった。

見栄だ。

モデルのようだと同級生が称賛する通り、染矢は誰よりもうつくしかった。それだけでなく、人柄だって素晴らしい。あんな人物を恋人にできたなら、それこそこの上ない幸運だ。無論染矢からすれば、許しがたい話だろう。分かってはいたが、誘惑には逆らえなかった。

「大学に相手がいるってなら、そいつの名前くらい聞かせてもらわねえと納得できねえよな」

口先ではそう言うが、狩納には綾瀬の嘘を看破している絶対的な自信があるのだろう。右の眉を引き上げられ、ごく、と喉が鳴った。

確かに綾瀬が日々顔を合わせることを許されている相手は、限られている。大学の関係者であろうと、学外で会うことはまずない。校内でさえ、狩納の眼を逃れ二人きりで会うことは難しかった。それを分かっているからこその言葉だろうが、しかし頭から決めつけられると鼻腔《びくう》の奥がつきんと痛んだ。

「な、納得もなにも…」

これは、あれだ。いじめではないのか。

叫び出したい気持ちで、綾瀬は白い拳《こぶし》を握り締めた。

「俺は聞きたいぜ？　てっきりお前が見栄を張って染矢の名前を出したのかと思ったが、違うんなら余計にな」

自分の言葉に頷いた男が、綾瀬へと手を伸ばしてくる。する、と前髪を掻き上げられ、綾瀬は大きく肩をふるわせた。

「だから…！」

「見栄とも言えねえか。相手があのカマじゃあな。どうせ大学の連中に嘘つくなら、もっとマシなのにすべきじゃねえのか。…たとえば、一緒に暮らしてる男がいるとかよ」

それは、皮肉だったのか。あるいは、趣味の悪い冗談なのかもしれない。

にや、と笑った狩納に、踝《くるぶし》からふるえが込み上げた。

「違《ちげ》えか。一緒に住んでる男がいるのは嘘じゃねえもんなァ」

確かに、狩納は怒ってはいない。

怒ってはいないが、しかしそれがなんの安寧《あんねい》に繋《つな》がるだろうか。怒りよりも、なにかずっと質《たち》の悪いものが男の眼で閃《ひらめ》くのを見た気がした。

「…あ、あああの、俺、なにか、飲むものを…」

これ以上、ここにいるのは危ない。

本能的にそう悟ったが、踵《きびす》を返すよりも大きな手に後頭部を包み取られる方が先だった。

「っ…」

「言ってやりゃあよかったじゃねえか。一緒に暮らしてる男と、毎日エロいことしてるって」

「な…、そんな、こと…っ」

「自慢《じまん》にならねえか?」

眼を眇《すが》められ、綾瀬は後退《あとじさ》ろうと身をもがかせた。しかし後ろ髪に指を絡められてしまえば、首を振るのもままならない。

「じ…」

「セックスがイイとかよ」

平然と言葉にされ、今更のように顔が熱くなった。同時に、ざっと血の気が下がる心地がする。声も出せず身を強張《こわば》らせた綾瀬に、狩納が下唇を突き出した。

「なんだ。自慢できるほどよくねえってか?」

不満そうに睨《ね》めつけられ、咄嗟《とっさ》に首を横に振りたくなる。助けてくれという意味だ。決して、自慢したいわけではない。青褪《あおざ》めた綾瀬の眦《まなじり》を、男の親指がそろりと撫でた。

「悪くはねえだろ？」

どこまで、本気なのか。尋ねる狩納は、真顔だ。

問いを重ねた男の手が、下腹へと伸びてくる。両手で阻《はば》もうとしたが、指がふるえて上手《うま》くいかない。揀《すく》うように股座《またぐら》をいじられ、跳ねた腰が食卓にぶつかった。

「狩…っ、あ、あの、分かりました、から…っ」

狼狽《ろうばい》などせずに、訴えたい。そう思うのに、上擦った声にしかならなかった。

狩納との生活において、こうした接触は稀有《けう》なものとは呼べない。だったらもっと冷静に、受け流せてもいいのではないか。そう思うのに、逞《たくま》しい腕を伸ばされると、それを躱《かわ》すことなど不可能だった。

「分かったたって、なにがだ」

増々下唇を突き出した男が、逃げようとする尻《しり》を摑《つか》んでくる。分厚い胸板が目の前に迫り、嗅ぎ慣れた煙草の匂《にお》いが近くなった。

「あ、もう、この話は…」

食卓と狩納とに挟まれた体に、逃げ場はない。器用な手で着衣を引っ張られ、部屋着が呆気なくずり下がる。

「ちょ、狩納、さ…っ」

すでに風呂をすませていた綾瀬は、やわらかな部屋着しか身につけていない。紐《ひも》を解《ほど》かれてしまえば、綿のパンツは簡単に下がってしまう。慌てて着衣を掴もうとする綾瀬を無視し、シャツの裾《すそ》へと掌《てのひら》を差し込まれた。

「手…、っあ」

臍《へそ》を縦に掻いた指が、下着の奥へともぐってくる。胸板を押し返そうとした綾瀬に構わず、男が大きく体を屈《かが》ませた。覆い被《かぶ》さる影が濃さを増して、瞼《まぶた》へと唇を落とされる。

「っ…」

驚き、上を向いた唇へと、今度は口が重なった。

噛みつくような、乱暴なものではない。ちゅっと、わざとらしく音を鳴らされ、思わず瞬《またた》く。驚きに目を瞠れば、鼻先を男の前髪が撫でた。

「イイんだろ?」

強請《ねだ》るように、声をひそめられる。

毎日耳にしている響きなのに、ぞくりと背筋が痺《しび》れた。

鼻先が触れ合う、近さのせいばかりではない。この瞬間も、狩納の手は綾瀬の性器をくるんでくるのだ。

形を確かめるよう掌で撫でられ、親指で裏筋をくすぐられる。綾瀬自身の手で触れるのとは、握り方も強さも全てが違った。狩納の、手だ。

狩納とこうした関係になってから、綾瀬が自分の手を必要とする機会はほとんどなくなってしまった。だからといって、狩納に与えられる刺激に慣れ、触れられることに鈍感になれるわけもない。自分でいじるのとは全く違う感覚に、握り込まれるたびに心臓が痛くなる。

体のなかで最も敏感で、傷つきやすい場所を他人に自由にされているのだ。全身の産毛が逆立って、触られていない首筋までもがちりちりとした。

「ぁあっ」

性器に気を取られていた隙に、もう一度触れるだけの口づけを落とされる。すでに下着をずり下げられてしまっているのに、キスは子供を甘やかすようなものばかりだ。

唇の右端へと口を押し当てられたかと思えば、角度を変えて上唇を吸われる。下唇に当てられた次は、再び右の端でちゅっと軽い音を鳴らされた。

「狩納、さ…」

鼻がぶつかるのも構わず、顎先にまで浅いキスを贈られる。なんだかとても、気持ちがいい。触れるだけの口づけのやさしさに、じん、と背中を甘い痺れが包む。このままとろりと、背骨ごと体が溶け落ちてしまいそうだ。

同時に、ふるえが湧《わ》く。

ぬるま湯のようなこの口づけだけで、狩納が終わらせてくれるなんてことがあるだろうか。気を抜いて警戒を解《ほど》けば、次の瞬間に深く噛みつかれてしまうに違いない。

そんな想像に、触れられてもいない口腔《こうくう》がぞわぞわと疼《うず》いた。

「…ぁ…」

「気持ちよくねえ奴が、こんな面《つら》はしねえよな」

自分は、どんな顔をしているというのか。低い声で唇を撫でた男が、間近から綾瀬を眺め回した。

「こっちだって、こんなにぬらしてんだ。分かりやすすぎだろ」

「っあ、あぁ」

笑った男が、手のなかの性器をくにくにと揺する。重みを計るよう軽く握られ、鼻にかかった声がもれた。

狩納の手のなかで、性器は恥ずかしいほど反《そ》り返ってしまっている。器用に包皮を引き下ろした男が、ぬれた色をした先端を丸く撫でた。

「や…、指、ひァっ」

ひくつくそこは、自分で慰める時にはあまり触れない場所だ。気持ちのよさより、過敏すぎて恐怖が先に立ってしまう。だがそんな怯《おび》えも、狩納には通用しない。少し荒れた指でちいさな穴を上下にさすられ、あっ、と切迫した声がもれた。

痛いわけではない。だが敏感すぎて、びりびりとした刺激が下腹を撲《う》つ。蓋《ふた》をするように親指の腹を当てられると、指紋の凹凸《おうとつ》までありありと伝わってくるようだ。そうしながら裏筋をくすぐられ、ぐにゃりと膝《ひざ》から力が失《う》せてしまう。

「あっさ、ぁ、触らない、で…っ」

沈みそうになる綾瀬を腕に抱えて、狩納が口を開いた。鼻先に、なまぬるい息がかかる。体温を含んだその気配に、ぶるっと唇がふるえた。

今度こそ、噛みつかれるのか。

その予感に怯えると同時に、捕らえられた性器がぴくんと跳ねた。怖いのに、開かれた狩納の唇から目を逸《そ》らせない。じん、と痺れた舌を笑うよう、下唇へと歯を当てられた。

「…う、あ」

かぷりと、果物を囓《かじ》るみたいに含まれる。

深く傾けられた顔の角度も、唇に感じるあたたかさも、間違いなくキスのそれだ。だが下唇だけを歯で挟んで引っ張られ、痛みよりももどかしさに声が出た。

もどかしいと、そう思ってしまった自分自身にもびっくりする。ぶるっとふるえが湧いて、気がつけば狩納の手をぬらしていた。

「っあ、あ…、う…」

着衣に包まれた男の腿《もも》に、握られた性器からびくびくと精液が飛《と》び散る。止めたくても、どうにもならない。扱《しご》かれるまま、綾瀬は声を上げて射精した。

「見ろよ。まだ出てるぜ」

「ひ…、あ、言わな、いで…」

唇が触れる距離で教えられ、手のなかの性器を揺すられる。先端に溜まるしずくが飛んで、狩納の着衣をまた汚した。

「ああ…」

親指と人差し指で作られた指の輪が、にゅるりと性器を先端に向け扱く。最後の一滴まで、文字通りに絞られるのだ。火のような羞恥《しゅうち》が、背中を舐《な》める。同時にぞわりと、首筋の産毛が逆立った。

「…ぁ、狩納さん、服、が…」

「おう。汚れちまったな」

重たげな体液が伝う腿を見下ろし、狩納が綾瀬の腕を摑み直した。呆気なく体を裏返され、目の前に食卓が迫る。

「洗わ、ないと…」

振り返ろうとする体を、左右の手で摑まれた。がっちりと腰を捕らえられ、悪寒にも似た痺れが込み上げる。

大きな獣に、伸しかかられるも同然だ。こうされてしまえば、逃げるなんてできない。

突き出す形になった綾瀬の尻へ、股座が当たる。どん、と軽くぶつけられ、腹の底にまで衝撃が響いた。その動きがなにを模しているかは、考えるまでもない。

「俺もたっぷり汚してやるよ。お前が大学の奴らに自慢したくなるくれえにな」

もう一度腰をぶつけられ、食卓に縋《すが》る。布越しに押し当てられた肉の硬さに、綾瀬は白い喉を反らした。

「ひ、あ、ぁあ、狩…」

揺れる体が、心許《もと》ない。そう思うのに、磨き上げられた食卓はなめらかで、爪を立てることさえできなかった。

べったりと胸を預けたテーブルが、揺すられるたびがたがたと音を立てる。それ以上にうるさいのは、自分の口からもれる声だ。

ぬぶ、と後ろから深く突き上げられるたび、悲鳴じみた声がこぼれてしまう。

「んあ…、や…」

大きく腰を回され、ぴんと爪先に力が籠《こ》もった。太くて長い肉が、深々と尻に埋まっている。薄い腰を両手に収め、背後に立つ男が小刻みに腰を突き上げた。

「なにが嫌なんだ。イっちまいそうだからか?」

揶揄《やゆ》する声が、首筋を舐める。は、と吐き出される息の熱さに、男を呑《の》んだ尻が竦《すく》んだ。きつく、締め上げる形になったのか。背中で低く、狩納が呻《うめ》いた。

「んあ、っ狩、納さ…」

「先に、俺を絞り取ろうってのかよ」

愉快そうに笑った男が、上下に大きく腰を揺らす。

たっぷりと潤《うるお》された尻のなかで、ぐぽぐぽと品のない音が鳴った。

狭い穴へと、滴るほどにローションを注《そそ》いだのは狩納だ。綾瀬から手早く部屋着を毟《むし》り取り、寝室へと移動することなくローションの瓶を手に取った。綾瀬が狩納を受け入れるためには、いくらかの手間が必要となる。そうした準備を、男は慣れた動きで片づけた。

綾瀬自身の手で用意をしろと、命《めい》じられる場合もある。そうすることで、綾瀬の羞恥がいっそう掻き立てられるのを知っているからだ。だが狩納が自分を拓《ひら》くため準備を進める様子を見守ることも、同じくらいいたたまれなかった。

とろみのあるローションを、男がたっぷりと掌に掬う。中身を減らしたローションのボトルが放《ほう》られる先は、食卓だ。夕食も、ここで取った。明日だって、同じテーブルで食事をするのだ。そんな場所で、裸に剝かれた尻をいじられる。

考えると、爪先がじわりと痺れた。

長い指を尻穴へと埋《うず》められて、深い場所にまでローションを注がれる。指で押し込んでもこぼれてしまうほど、ひたひたになるまで塗り拡《ひろ》げられた。膝も腰も、ふるえっぱなしだ。

まともに立っていられなくなった綾瀬を、それでも狩納は床に下ろして休ませてはくれなかった。

太い肉が、ぬれた穴へゆっくりと入り込んでくる。指が届くよりずっと深い場所まで陰茎を埋められると、自分の意志では床に崩れ落ちることもできなくなった。

「っあ…、うぅ、狩…」

体重をかけて伸しかかられるたび、膨れた亀頭《きとう》がぬぶりと進む。どれくらいそうやって、掻き回されているのか。ローションでぬらされた穴のなかを、反り返った肉が自由に動いた。

強く腰を打ちつけられると、入り込んではいけない場所にまで届いてしまいそうな恐怖が湧く。

本能的な怯えに、体が何度も前に逃れようとした。そのたびに両手で腰を摑まれ、殊更大きく突き上げられる。

「ひァ、っあ」

「いい心がけだって、褒《ほ》めてんだぜ」

そうやって、しっかり締めてろよ。

ぬれた息に混ざり、固い歯が首筋に食い込んだ。噛みつかれた場所からびりびりと熱が染みて、食卓に押しつけられた乳首が疼く。半端に捲《まく》られたシャツと食卓にこすれ、そこは掻き毟ってしまいたいほどに腫《は》れていた。

「や、ぁ、狩納さ…」

苦しい、と訴える声に、首筋を舐める舌が応える。大きく口を開いて吸いつかれ、試すように歯を当てられた。

「分かってる。ちゃんと奥までくれてやるから安心しろ」

違う、と声を上げることもできない。

どん、と音がしそうなほど強く、腰を打ちつけられる。

狩納はいまだ、服の全てを脱いではいない。着衣に包まれた腿が、後ろから綾瀬の尻を大きく叩《たた》いた。肌と肌がぶつかるぬれた音の代わりに、肉が当たる重い音が鳴る。腹の底に加えられた衝撃は、それ以上だ。

「ああっ、待…、あッ」

突き上げられるたび、がたん、と体の下で食卓が揺れる。

頑丈な脚《あし》と厚い一枚板で作られた食卓は、綾瀬一人の力では到底持ち上げることができない。それが狩納の動きに負け、がたがたと音を立てるのだ。

「狩…っ」

狭い粘膜をこじ開けるように、膨れ上がった亀頭が奥を叩く。それだけでも苦しいのに、小刻みに揺すぶられ、気紛《まぐ》れに引き出されると声がもれた。張り出した鰓《えら》に、ごりごりと粘膜を掻き上げられる感触が堪《たま》らない。丈の長さを教えるよう、にゅぶぶ、と音を立てて陰茎が退《しりぞ》いた。

「っひ、あー…、あ…」

膝が崩れ、腰が下がる。陰茎がこぼれそうになるのを許さず、瘦《や》せた体を引き上げられた。

「あ、っあ、そこ…」

角度が変わり、肉の先端が弱い場所を圧迫する。敏感な器官を真上から潰《つぶ》され、背がしなった。

「しっかり立ってろ。こんなに涎垂《よだれ》らしてたら、難しいかもしれねえが」

身悶《もだ》えた尻を、ぺちんと張られる。

唐突に加えられた刺激に、陰茎を呑んだ穴がきゅうっと竦んだ。ぷちゅりと耐えがたい音を立て、注がれたローションが尻穴から垂れる。ぬれた音と刺激とがぐちゃぐちゃに混ざり合い、もうわけが分からない。いやいやと振った尻に、背後から男の視線が突き刺さった。

「あ…、あ、やァっ」

無防備に食卓へと縋る尻を、無遠慮な視線が眺め回す。赤くなった尻肉も、男を呑み込んだ穴も何一つ隠せない。羞恥に悶えた腰を、大きな掌が丸く撫でた。

また、撲たれるのか。

身構えた体をやさしくさすられ、愚かにも緊張がゆるんでしまう。ほっと力を抜こうとした尻を、節の高い指がぎゅっと握った。それだけで、じんとした痺れが走る。痛みと紙一重の刺激に締まった穴を、太い親指が辿《たど》った。

「駄目…っ、あぁ」

赤黒い陰茎によって開かれた穴は、皺の一本までみっちりと引き伸ばされてしまっている。つるりとした粘膜と皮膚との境目を撫でられると、汗にぬれた背中に鳥肌が立った。桃色の粘膜を晒《さら》す場所を、試すように指の腹でくすぐられる。そうやってひくつく様子を眼で楽しみながら、浅い場所を狙《ねら》って腰を使われた。

「あっ、狩、…ひ、…っ」

ちいさな光が、目の奥で散る。

どこを突けば綾瀬が脆《もろ》く崩れるか、そんなこと狩納には分かりきっているのだ。腹側にある器官に、丸い亀頭をぴったりと押しつけられる。そのまま転がすように腰を揺すられ、臍から下が溶け落ちるかと思った。

「あァ…っ、や…」

性器に指を絡め、扱かれる感覚とは違う。だがまるで性器の内側から、直接性感を刺激されるみたいだ。張り出した鰓でごりごりと前立腺《せん》を引っ掻かれ、性器の先端までもが熱く痺れる。

「は…、んぅ、あ…」

息をするのも辛《つら》い快感に、爪先が床を掻いた。

両手で握り込んで性器を扱けたら、楽になるのか。そうしたとしても、狩納は咎《とが》めないだろう。だが指先一つ、動かせない。食卓に縋る腕を下腹へ伸ばせば、体がずり落ちてしまいそうだ。

そうする間にも遠慮なく前立腺を捏《こ》ねられ、びくびくと性器が跳ねる。前立腺どころか、精嚢《せいのう》ごと叩かれ小突き上げられた。

気持ちがいい。

それ以外、なにも考えられなくなる。開きっぱなしの唇から涎がこぼれて、なまぬるく食卓をぬらした。

「だらだらこぼれちまってるぜ」

教えた男が、唇ではなく陰茎を呑む穴こそを拭《ぬぐ》う。注がれたローションと体液とが混ざり合い、狩納が腰を使うたび音を立てて飛沫《しぶき》が散った。

「そんなに、美味《うま》いのか？」

浅い場所を捏ねていた陰茎が、ぐぐ、と奥へと進む。悶えて爪先立ちになると、姿勢の不安定さに声がもれた。ただでさえ、綾瀬と狩納とでは体格が違いすぎる。上下に腰を揺すられると、床から爪先が浮いてしまいそうだ。

「ぅあっ、や、怖…ぁ」

「なんでだ。好きだろ、ここ」

ここ、と示すように、腰を回される。

行き止まりとも思えるそこは、前立腺以上に綾瀬を脆くする場所だ。ぐりぐりと腰を押しつけられるだけで、舌の先までもが甘く痺れる。

「あ…ッ」

のたうつ体へ深く伸しかかられると、狩納の腰の高さに合わせて尻が持ち上がった。まるで突き立てられた陰茎で、体を引き上げられているみたいだ。実際には腰を摑む腕こそが、綾瀬を支えているのだろう。分かっていても腰をぶつけられるたび、繋がった尻が上がって爪先が床を掻いた。

「ひ、あ…っ、駄目、駄…」

「可愛げのねえこと言うんじゃねえよ。こんなに好きなとこばっか、搔き回してやってるんだぜ？」

どん、腰を打ちつけられ、その力強さに尻が跳ねる。爪先が床から浮く感覚に、怖くて声を上げたはずだ。だが同時に、下腹で揺れた性器がびちゃっとぬれた音を立てる。

触られもせず、弾けたのだ。

「っああ、ひァ」

ぱんぱんに膨れた性感が、爪先から頭の天辺《てっぺん》までを呑み込む。飛び散った精液が床を汚し、綾瀬は食卓に額をすりつけた。

わずかに動きを止めた狩納が、頭上で呻く。笑って、いるのか。満足そうな息遣いが、汗にぬれたうなじを舐めた。

「綾瀬」

充足が滲《にじ》む声は、狩納自身もまた快感を得ていることを教えてくれる。射精したばかりの性器が、喜ぶようにぴくぴくとふるえた。

もっと名前を呼んでほしくて、爪先がぎゅっと丸まる。そんな反応まで、狩納には伝わってしまうのか。深い息を絞った男が、ずん、と大きく腰を突き出した。

「あッ…、待…」

射精の衝撃そのままに、びりびりとした痺れが皮膚を舐める。もう、逃げ出したい。そう思っているはずなのに、男を咥《くわ》えた穴がきつく締まった。

「他の奴じゃ、こうはいかねえぜ？」

血管を浮き立たせた陰茎が、過敏さを増した尻穴のなかをぐぽりと動く。言葉の意味を、正しく理解できたとは思えない。捏ね回される気持ちのよさに、剝き出しの尻がゆらゆらと揺れた。

「…ぁ…」

「よかったな、俺で」

セックスする相手が自分でよかったと、セックスが上手い俺でよかったと、そういう意味なのか。

掻き回され揺すぶられる体と頭では、言葉の意味を咀嚼《そしゃく》するのもむずかしい。だが先程までの話題を、狩納が決して忘れていないことだけは理解できた。

笑った息と共に、べろりと首筋を舐められる。

痺れが、ふるえと共に背筋を脅かした。恐怖と呼ぶには、それは甘すぎる。分かっていた。この男が本気で怒ったなら、こんなもので収まりはしないのだ。

だがだからといって、なにが安心できるというのか。

「っ狩…、あっ」

振り返ろうと喘《あえ》いだ背中に、重い胸板が伸しかかる。縫い止めるよう、固い歯が再び首筋へと食い込んだ。

「よかったって言えよ」

ぞくりと、鳥肌が立つ。笑う男の息に舐められ、綾瀬は爪先を揺らした。


新宿で、綾瀬君を見たんだ。

一緒にいた人、あれって誰なの。

きらきら光る目でそう尋ねられ、どきりとした。先週の週明け、明るい教室での出来事だ。

すっごく、素敵な人だった。あの人と綾瀬君って、一体どんな関係なの。教えてよ。

真顔で強請《ねだ》られ、頭に浮かんだ人物は一人しかいない。

狩納北。

連れ立って食事に出かける姿を、見られたのだろうか。

どんな関係って、どんな関係だ。

思い当たる言葉が、ないわけではない。だがそれが適切なものかは、分からなかった。考えた途端、心臓がどくりと大きな音を立てる。

以前、同じような問いを木内に向けられた時、自分はなんと応えたのか。思い出すと、顔が赤くなるのが分かった。

俺と、狩納さんは。

綾瀬がそう口を開くより、同級生が溜め息をもらす方が早かった。

私、あんなきれいな女の人初めて見た。

興奮を込めて声にされ、もう一度心臓が撥《は》ね上がる。

一緒にいた相手というのは、狩納ではないのか。悟ると同時に、先程までとは違う羞恥に顔が熱くなった。自分は一体、どんな勘違いをしていたのだろう。赤くなったり青くなったりする綾瀬を、同級生がまじまじと見詰めた。

ねえもしかして綾瀬君、あの人とつき合ってるの。

目敏《ざと》く迫ってきた彼女の声が、耳の奥で響く。それになんと応えたかは、今更繰り返すまでもない。

「…大丈夫なの綾瀬君。ちょっと顔色悪くない？」

前の席へと腰を下ろした女子生徒が、心配そうに振り返る。先日、学食で綾瀬に声をかけてきてくれた女の子たちだ。授業が始まるのを待つ教室は、のんびりとした喧噪《けんそう》に包まれている。はっと我に返り、綾瀬は顔を上げた。

「あ、ありがとう。大丈夫。昨夜《ゆうべ》あんまり寝られなかったからかな」

自分は、そんなに酷《ひど》い顔色をしているのか。あるいは、溜め息をもらしすぎたせいかもしれない。

大学が休みだった昨日も、そしてその前日も、随分と夜更《ふ》かしをしてしまったのだ。

いつもなら、真っ先に木内に指摘されているところだろう。だがその木内は、今日は実家の都合で午後からしか大学に来られないらしい。心配に思う反面、自分を取り巻く噂話に関し、真実を告白する必要がわずかだが先延ばしにされたことにほっともしていた。

情けない話だ。だが今日こそは、木内にきちんと話さなければいけない。

もう一度込み上げた嘆息を、綾瀬は瞼をこすりながら飲み下した。

昨夜もたくさん泣いてしまったせいで、瞼が腫れぼったい。太い性器を突き立てられ、わけが分からなくなるまで揺すぶられたのだ。一昨日《おとつい》などは食卓に縋る形で繋がっただけでなく、仰向《あおむ》けにテーブルへと転がされもした。食事を取るための場所で、ぺろりと平らげられてしまったのだ。

恥ずかしさに、脳味噌《みそ》が煮える。

今朝《けさ》綾瀬が目覚めたのは、寝室に置かれた大きな寝台のなかだった。出勤の準備を整えた狩納が、朝の光と同じくらい機嫌のよい笑顔で口づけてくる。

忘れず、自慢しろよ。

ちゅっと音を立て、瞼を吸われた。二晩かけ、狩納は自らの技巧が自慢に値するものだと証明してやったと言いたいのか。

目眩《めまい》がした。確かに狩納ほどの経験値や体力があれば、誇示して然《しか》るべきかもしれない。だが問題なのは、そこではなかった。

機嫌が、よすぎではないのか。

怒り狂われるより何倍もいいと頭では理解できていても、このもやっとした気持ちはなんだろう。

綾瀬が本当に他の誰かと交際していたなら、狩納が笑ってすませるなどあり得ない。そんな気性の男が、今回に限っては絶対の自信を滲ませていた。

その確信は、どこからくるのか。

真実なのだから致し方ないが、何度綾瀬が染矢ではないと否定しても狩納は取り合ってくれなかった。多少でも疑念があれば迷わず綾瀬を脅し、ことの顚末《てんまつ》を告白させただろう。だが性交中も意地悪くからかわれこそすれ、怒りのまま恥辱を強《し》いられることはなかった。

お蔭《かげ》で、そもそも何故染矢が綾瀬の恋人だと誤解されたのか、その経緯にわずかではあるが狩納自身が関わっていたことを告白せずにすんでいた。

「保健室かどっかで、少し寝てくるか？」

右隣に座った山口が、労《いたわ》りを込めて尋ねてくる。友人のやさしさに感謝しつつ、綾瀬は首を横に振った。

「本当に、平気だから。授業が始まれば、目も覚めるよ」

「あー、あれなんじゃない？　綾瀬君の寝不足ってさあ、つき合ってる人が原因とか？」

体ごとこちらを振り返っていた女の子たちが、にっこりと笑う。

「……え…？」

引き寄せようとした水筒が、ごとんと音を立てて白い手から落ちた。

大きく瞬いた綾瀬に、きゃあ、と女の子たちが歓声を上げる。

「嘘。やだちょっと本当にそうなわけ？」

「待ってよ、私たちの清らかな綾瀬君はどこ行っちゃったの⁉」

「はいはいそこまで。こいつをからかうのは、そのへんにしといてやって」

固まる綾瀬をよそに、女の子たちが盛大に身悶える。見かねた様子で、山口がひらひらと手を振った。

「からかってなんかないって。詳しく聞きたいだけ。すっごく素敵な人だって噂だから、綾瀬君だって自慢くらいしたいよねえ？」

期待に満ちた視線を向けられ、頭へと浮かんだのはやはりうつくしい黒髪を垂らした染矢ではなかった。

本当は、あの人は彼女なんかじゃないんだ。

ふるえる声でぶちまけたなら、同級生たちはどんな顔をするだろう。綾瀬を嘘つきだと詰《なじ》るのか、やっぱりねと笑うのか。どちらにせよ、嘘をついたのは綾瀬自身の責任だ。ささやかな見栄のためとはいえ、嘘の代償は支払わなければいけない。

だが。

だが、と、綾瀬は華奢《きゃしゃ》な喉の奥で唸《うな》った。

同級生たちがどう反応するかはともかく、ただ一つだけ明らかなことがある。綾瀬が大声で自らの虚栄心を懺悔《ざんげ》したなら、狩納はなんと言うのか。

やっぱりな。

そう口元を吊《つ》り上げて、あの男は綾瀬の頭の一つも撫でてくれるだろう。

今朝与えられた機嫌のよい笑みが、瞼の裏にちらついた。無論それさえ、綾瀬がついた嘘の結果だ。甘んじて受けるべきものだと頭では分かっていたが、しかしこんな話になった一因は狩納にもあるのではないか。

言うまでもなく、やつ当たりだ。

同級生から最初に声をかけられた時、綾瀬は咄嗟に染矢ではなく狩納との関係を問われているのだと誤解した。そして狩納を思い描いた綾瀬の反応を、同級生は恋人を想うものと解釈したのだ。もし昨夜、狩納が綾瀬をからかうことなく、染矢を恋人に仕立てたその経緯こそを聞き出していたら、男こそが眼を剝く結果となっていたのではないか。とてもではないが、にやにやと笑ってはいられなかったはずだ。無論そんな狩納の都合など、綾瀬は与《あずか》り知らないことだった。

「話しちゃいなよ綾瀬君。…どうなの、本当にその人のせいで寝不足なわけ？」

あるわけないよ、そんなこと。

林檎《りんご》のように顔を真っ赤にし、戸惑いながらもそう否定するに違いない。際どい言葉で冷やかしつつも、結局同級生たちはそうなることを期待していたのだろう。

しかしこの日の綾瀬も、事実に則して首を横に振ることができなかった。

「………やだ、綾瀬君、本当に…？」

嘘だとも真実だとも告げることなく、ぐっと唇を引き結ぶ。

綾瀬の沈黙を、肯定と理解したのか。女の子たちがこぼれそうに目を見開いた。

「…ちょ、どうしよう…！　綾瀬君が年上美女とつき合った挙げ句、純潔を奪われて寝不足で大学に来るような不良になっちゃった…！」

正確には年上の金融屋に囲われてセックスの手管《てくだ》を披露《ひろう》された挙げ句、睡眠時間を削られながら大学へ通う不良になってしまったと言うべきか。女の子たちが上げた悲痛な悲鳴に、鼻腔の奥が痛くなる。いけないことだと、分かっていた。だが、どうにもならない。

大人の見栄というより、子供の意地だ。

先週よりも明らかに尾鰭《おひれ》を増すだろう噂が、再び狩納の耳に届いてしまうかもしれない。それを心配するより、今は目の前の現実に鼻先が赤くなる。肩を並べる山口の唇から、深い溜め息がもれた気がした。

困惑のアボガドロ定数

「大丈夫？　綾瀬」

頭上から降った声に、薄い肩がおののく。長い睫がぱちりと揺れて、こぼれそうな瞳が友人を映《うつ》した。

「…え…？」

心配顔の学友を見上げ、もう一度瞬く。

眉根を寄せた木内孝則の向こうに見えるのは、白い壁だ。ここが大学の教室であることを思い出し、綾瀬雪弥ははっと自らの口元に手を当てた。

「授業、終わってるぞ。朝も遅刻してきたし、お前具合が悪いとか…」

長身を屈め覗《のぞ》き込んでくる木内は、ひどく真剣だ。ごしごしと口元を拭い、綾瀬は大きく首を横に振った。琥珀色の髪が揺れて、光の輪が踊る。映り込む日差しのせいばかりでなく、綾瀬の髪は内側からやわらかく輝いて見えた。髪だけでなく、肌の白さも午前中の光のなかではいっそう際立つ。透けるような頬《ほお》の色合いに、通路を行く学生の一人が振り返った。

「ぜ、全然…！　平気っ」

「平気って顔じゃないけどな」

背中から投げられた声に、綾瀬が細い首を巡らせる。

一段高くなった机に頬杖《づえ》をつき、山口和信が大きな溜め息をもらした。山口の目元で、黒い縁取りを持つ眼鏡《めがね》が光を弾く。派手さのないそれは、男っぽい山口の容貌によく似合っていた。

「そんなこと…」

細い声で応え、綾瀬が自らの顔を手でさする。まだ広げたままでいたノートを引き寄せ、綾瀬は時間割に目を落とした。

「次、休講だって」

移動先の教室を確認しようとした綾瀬に、山口が教える。

「え、本当？」

今日は急いで教室に駆け込んだため、校舎の入り口にある掲示板を確認しそびれていた。木内が口にした通り、遅刻したのだ。

「四限の授業まで、一時間どっかで寝てたら」

心配そうに促され、もう一度自分の顔をこする。

そんなにも、酷い顔色をしているだろうか。確かに寝不足なのは間違いない。授業で居眠りしてしまっただけでなく、今この瞬間もまだひどく眠いのだ。

「ありがとう、でも大丈夫だよ。寝すぎて、四限の授業にも遅れたら怖いし」

きっと一時間半では、目が覚めない。冗談めかして口にしたつもりだが、木内が心底気遣わしげに顔を歪《ゆが》ませた。

「無理、してるんじゃないのか」

無理。

真顔で問われ、思わず大きく首を横に振る。

「し、しししてないよ！　無理なんか…」

声を上擦らせた綾瀬を、山口がどこか気の毒そうな目で見下ろした。

「無理してる、絶対。テスト勉強のせいだろ？　確かにこんな時期にテストなんて厄介だけど…」

「………テスト？」

苦り切った木内の表情に、綾瀬が目を瞬《しばたた》かせる。

学期末には、まだいくらか間があった。高校時代に比べれば耳に馴染みがなくなったその言葉に、綾瀬が首を傾《かし》げる。

「明々後日《しあさって》の金曜日の二限。斉藤《さいとう》先生の物理」

背後から教えられ、息が詰まった。動きを止めた綾瀬に、木内が目を見開く。

「……もしかして綾瀬、忘れてた…？」

忘れていたどころか、そんな話は初耳だ。

「前期のテスト、みんなできが悪かったから、救済のために今期は途中でもテストして、その点数を出席点にプラスするって」

「やさしーよなあ、斉藤先生は。不合格ラインの生徒は、追試までやるってよ。熱心にもほどがあるぜ」

物理が難関であることは、よく知っている。だが今週の試験に関しては、全く記憶になかった。青褪めた綾瀬に、山口があっとちいさく声を上げる。

「そういや先週の斉藤先生の授業、綾瀬遅刻だったたんじゃないか？」

確かに、自分は先週も遅刻をした。理由は、一つしかない。今日と全く同じものだ。

「授業の最初の方だったしな。テストの告知って」

「ごめん。俺、授業終わった後、綾瀬に教えたつもりだったのに…」

唇を噛んだ木内に、綾瀬が慌てて両手を横に振る。

親切な木内のことだ。きっと授業後、遅刻した綾瀬に試験があることを教えてくれたに違いない。

しかし自分は、愚かにもそれを聞きもらしてしまったのだ。

「謝るのは俺だよ。ごめん木内、ぼんやりしてて…」

「綾瀬、お前本当に体調、大丈夫か？　今日の遅刻も、綾瀬らしくないし」

自分らしくないかどうかは別としても、失態が続いていることは確かだろう。唇を引き結び、綾瀬は精一杯大きく頷いた。

「だ、大丈夫、…きっと」

鼓舞するように声にして、机に残る筆記用具を掻き集める。

「教えてくれて、ありがとう。俺、これから図書館に行ってくる」

空き教室で寝ているなど、とてもできない。金曜日の試験まで、三日しかないのだ。今すぐ図書室に飛び込んでも、準備期間はあまりにも短すぎる。

急がなくては。鞄《かばん》を抱え、扉へ向かおうとした綾瀬の足が、ぴたりと止まる。厳しい表情のまま振り返った綾瀬に、友人たちが顔を見合わせた。

「…綾瀬？」

「…ごめん、教えて、…試験範囲」

眉尻を垂れた綾瀬に、山口が深い溜め息を吐き出した。

「……お願いが、あるんです」

切り出した言葉に、狩納北が瞬く。

強く光る男の眼には、覗き込まれると背中が強張《こわば》るような力があった。彫りの深い顔立ちは精悍で、荒々しいまでの生気に満ちている。

改めて狩納と向かい合うたび、この男と自分との接点を不思議に思う。狩納と共に暮らすことは勿論、男が経営する金融会社でアルバイトをさせてもらっているなど、一年前には想像さえしていなかったことだ。

「どうした」

火の点《つ》いていない煙草を唇に挟み、狩納が持て余すほどに高い背を屈める。

「あの…」

男の肩越しに、パーティションで仕切られたソファが見える。豊かな黒髪を結い上げた美貌の人が、興味深そうにこちらを見ていた。

「お忙しい時に、すみません。やっぱり、後で大丈夫です」

ブラインドが上げられた窓の向こうには、早い夕闇《やみ》が迫っている。誰にとっても慌ただしいこんな時間に、面倒な要望を切り出すべきではなかった。口籠《ご》もった綾瀬に、狩納が更に視線を低くする。

「構わん。なんだ、言ってみろ」

静かに促され、綾瀬は戸惑いながらも唇を動かした。

「あの…、アルバイトの件、なんですが」

週に数日、綾瀬は授業の合間を縫って狩納の事務所でアルバイトをさせてもらっている。男の仕事を手伝うというより、むしろ綾瀬のために仕事を捻出してもらっていると言った方が正しいだろう。

「事務所に元カノ…、いや、違ぇな。元カマか？　がツラ見せんのがうぜぇってか」

にや、と笑った狩納がソファを顎で示す。

二人のやりとりに、ソファへかけていた美女が形のよい眉を吊り上げた。狩納の皮肉はともかく、その人を女性と呼ぶべきかは迷うところだ。

華やかな美貌を誇る染矢薫子《かおるこ》は、綾瀬と同じ男性なのだ。頭では理解しているつもりでも、着飾った染矢を前にすると実感など持ちようがない。

「っ…！　だ、だからそれは間違いだって、何度も…。…き、今日のお願いは、急な話で申し訳ありませんが、金曜日までアルバイトの時間を減らすか、休ませてもらえたらと思って…」

改めて言葉にすると、どうしても声が細くなる。ここでアルバイトを許されているのも綾瀬のわがままならば、それを休みたいと申し出るのもまた綾瀬の身勝手なのだ。

「どこか出かけてえのか？」

綾瀬はマンションと大学、そしてこの事務所を往復する以外、滅多《めった》に外出をしない。むしろ大学へ通うことを許された時は、驚いたほどだ。狩納と共に生活を始めた経緯を思えば、致し方のないことだった。

「いえ、そういうわけじゃありません」

「雇用主のセクハラが酷いからでしょ。かわいそうに、ストライキよストライキ」

流れるような仕種《しぐさ》で立ち上がった染矢が、綾瀬の代わりに捲し立てる。なめらかな声音は甲高《かんだか》さがなく、同時に男っぽい荒々しさとも無縁だった。

「ス、スト…」

「労働者に認められた正当な権利よ。綾ちゃんもたまには行使すべきだわ。横暴な支配階級を増長させてたら体が保《も》たないじゃない」

優雅に腕を伸ばし、染矢が艶《つや》やかな双眸で綾瀬を覗き込む。人目を惹く美貌は勿論だが、真《ま》っ直《す》ぐに伸びた手足も、やはり染矢はどんな存在よりうつくしかった。過日綾瀬の大学の同級生が、染矢をモデルだと思ったのも無理のないことだ。

「ゲテモノこき使って稼《かせ》ぇでるお前に言われたくねえな」

全く取り合うつもりがないのか、狩納は染矢を振り返りもしない。形のよい唇を歪め、染矢が芝居がかった仕種で目を見開いた。

「きれいじゃない子なんか一人もいないわ。うちのお店の子は、皆きらきらしてるんだから。ねえ綾ちゃん、もう一度私のとこでバイトする気ない？　ここよりよっぽど厚遇で…」

「いい加減にしとけよ、クソカマ」

低く唸った狩納が、染矢の鼻先から綾瀬の痩軀《そうく》を奪う。よろめいた綾瀬を、光る双眸が見下ろした。

「で、なにが理由だ」

改めて問われ、はっとする。

「……スト…」

「あァ？」

「テ、テスト…！　テストです…！」

ストライキとテストとでは、まるで違う。大きく首を横に振った綾瀬に、狩納が眉根を寄せた。

「そんな時期か？」

「学期末とかじゃなくて、小テストっていうか…」

木内たちに教えてもらったところによると、小規模な試験らしい。しかし授業内容の確認を兼ねたそれは、思った以上に出題範囲が広かった。担当教授は厳しいことで有名な人物で、とてもではないがなんの準備もなしに挑めるものとは思えない。

「まぁ大変ね。さすが学生さん」

感心したように、染矢が頷く。

「勝手を言ってすみませんが、金曜日には終わりますから、それまでの間だけ休ませていただけませんか」

「綾ちゃんみたいな真面目な子が手こずるくらい、難しいテストなの？」

真面目な生徒は、遅刻をして試験の告知を聞き逃したりはしない。染矢の問いにどっと重いものが両肩に伸しかかり、綾瀬は深く項垂《うなだ》れた。

これではまるで、しばらく前に蔓延した噂の通りだ。

年上の交際相手のせいで、綾瀬が爛《ただ》れた生活を送る不良になってしまった。そんな噂話が、一時期校内を席巻したのだ。各所に驚きと悲鳴をもたらしたそれは、結局あり得ない与太話《よたばなし》だとして同級生たち自身によって打ち消された。与太話であればいいとの願望により、なかったことにされたと言ってもいい。今日に至るまで、綾瀬もその真偽について口を開いてはこなかった。開ける、わけがないのだ。

「真面目だなんてこと、ありません…。試験範囲も広くって、どこから手をつけていいか分からないくらいなんです」

「そんな深刻な顔しないで、綾ちゃん。なんのテストなの？　専門科目？」

親身になってくれる染矢に、綾瀬が重くなりがちな視線を上げる。

「一応、必修の共通科目です」

「一般教養ってやつね。あれって案外曲者《くせもの》なのよねぇ。一人で頑張《がんば》るのもいいけど、たまには得意な人に教えてもらえば？」

「得意な人、ですか」

時間が足りない今、確かに一人で机に向かうだけでは成果に大いな不安がある。しかし誰かと一緒に試験勉強をするなど、自分の環境ではとても望めない。今日も授業後に木内たちと図書館ですごしたが、それも迎えの車が来るまでの短い間だけだった。

「私が教えてあげるって言いたいとこだけど、お店のこともあるし…。人柄的にはちょっとあれだけれど、こんな時の適任者といえばあいつよね」

「呼ばれて飛び出てじゃじゃじゃじゃーん！」

染矢の言葉の終わりを待たず、事務所の扉が勢いよく開かれる。

声と同じくらい明るい金髪が、蛍光灯の明かりの下へと飛び込んできた。焦げ茶色のハンチング帽子を握った祇園寅之介《ぎおんとらのすけ》が、大きく両手を広げる。

「祇園さん」

「ちーす！　おー綾ちゃん今日も相変わらず可愛らしなぁ！　ところで今、このぎょんちゃんの噂話してたやろ？」

くるくるとハンチングを回した祇園が、顔全体で笑う。

髪を白っぽい金髪に染めた祇園は、狩納の大学時代の後輩に当たる男だ。その耳聡《ざと》さや勘のよさには、今日に限らずいつだって驚かされた。

「どんな耳してやがんだてめぇは」

「兄さんに比べたらごっつ可愛ええ地獄耳ちゃんですわ！　なになに綾ちゃん、家庭教師募集中やて？」

扉の外で聞き耳を立てていたとしても、これほど詳細に聞こえるものだろうか。そもそも何故祇園は、扉の外にいたのだろう。いつものこととはいえ圧倒される綾瀬をよそに、祇園が身を乗り出した。

「狩納が余計なちょっかいばっかりかけるから、試験が近づいてるのに勉強が進んでなくて大変なんですって」

綾瀬に代わり、染矢が恐ろしい的確さで状況を説明する。

「かー！　そらバラ色のキャンパスライフが台なしやなぁ。よっしゃこのぎょんちゃん、綾ちゃんのためなら喜んで一肌も二肌も脱がせてもらうで！」

胸を張った祇園に、狩納が煩《わずら》わしそうな舌打ちの音を響かせた。

「誰がてめぇなんぞに綾瀬を任せるか」

「またまたーァ。このぎょんちゃん以上に適任者がおりますかいな！　綾ちゃんも大船に乗ったつもりでおって！　こう見えても受験生のカテキョバイト、バリバリやっとったんや」

祇園が家庭教師のアルバイトをしていたなど、初耳だ。祇園が関《かか》わるものといえば、どうしてもいかがわしい世界が思い浮かんでしまう。家庭教師とは正反対の、裸の女性が跋扈《ばっこ》する世界だ。

「綾ちゃんが言いたいこと、私もよく分かるわ。でもこんな顔してるけど、これで結構評判いいらしいのよ、祇園の教え方」

「姐《ねえ》さん顔で勉強するわけやない…って、いやいやごっつ真面目で優秀そうな顔やないですか、僕」

唇を尖《とが》らせた祇園が、綾瀬を振り返り背筋を正した。

「冗談はさて置き、ホンマ安心してや綾ちゃん。実は結構自信あるんや。分かりやすい上に面白いからリラックスできる言うて、指名続出やったんやで」

「本当…ですか？」

本当に、祇園は自分のために力を貸してくれると言うのか。縋るように呻いた綾瀬に、祇園がどんと自らの胸を叩いて見せた。

「綾ちゃんまで、このぎょんちゃんを疑《うたご》うてるのん？」

「いえ、あの…、本当に、教えていただけるならありがたいですが…」

藁《わら》にも縋る気持ちとは、このことだ。真剣に尋ねた綾瀬へ、祇園もまた真顔で頷く。

「このぎょんちゃんに任せといたら一発合格間違いなし！　責任持って頑張らせていただきますわ。ちなみに気になるぎょんちゃんの得意科目は…」

拳を握り締めた祇園が、更に大きく身を乗り出した。

「得意、科目は…？」

「ずばり！　保健体育ゥ！　実技もばっちり熱血指…」

張り上げられた声の終わりが、不自然にちぎれる。

大きく目を見開いた綾瀬の眼前で、祇園の体が吹っ飛んだ。なにが起こったのか、咄嗟には理解ができない。

ただ突き出された狩納の右足に、事態を悟る。

「狩…」

「家庭科実習ってなぁどうだ。久芳《くば》、針持ってきてこいつの口を縫ってやれ」

祇園を蹴《け》り飛ばした右足を、狩納がゆっくりと床へと戻した。出入り口まで吹き飛んだ祇園は、仰向けに床に落ちている。

「ちょ、待…、ほ、ほんの少ぉしふざけただけやないですか！　勉強は、ちゃんと…」

文字通り大の字に伸びながら、尚《なお》も祇園が呻いた。あれだけ激しく床へ叩きつけられ、まだ声が出せるのか。従業員が立ち上がる気配に、祇園が顔を引きつらせて扉へ縋った。

「し、し、し、失礼しましたーッ！」

まるで唐突に訪れ、唐突に去って行く嵐みたいだ。裏返った声を上げ、祇園が事務所を飛び出す。

「あらあら残念ねえ、折角第一候補だったのに」

予想の範疇《はんちゅう》といえば、予想の範疇だったのか。言葉ほど落胆した様子もなく、染矢が溜め息を吐《つ》く。

綾瀬もまた、痩せた肩を落とした。やはり、自分で解決する以外道はないのだ。残された時間の少なさを思うと不安だが、頑張るしかない。

「…アルバイトの件は、すみませんが考えておいていただけませんか？　俺は、部屋に戻ってますから…」

綾瀬の勤務時間は、すでに二十分ほど前に終わっている。普段なら手伝えることがあればしばらく事務所に残るのだが、今日はその余裕もない。力なく頭を下げた綾瀬を、しなやかな腕が引き留めた。

「そんな顔しないで、綾ちゃん。候補者はまだいるじゃない」

にっこりと笑われ、首を傾げる。他に家庭教師の候補者など、誰がいるのか。思い巡らせてみても、すぐに思い当たる者はいない。

「…染矢さんのお店の方、とかですか？」

「まあそれも楽しそうね。私も含め、みんな綾ちゃんに色々教えてあげたいって思ってるだろうけど」

教えてもらいたいことも、たくさんあるわね。ふふふ、と笑った染矢が、綾瀬の頬をするりと撫でる。その足元に、黒々とした影が落ちた。

「てめぇも吹っ飛びてえのか、害虫」

低く吐き捨てた狩納に、染矢が大袈裟《おおげさ》に身をふるわせる。

「やだ怖ぁい。体罰は厳禁よ、センセ」

「あ？」

先生。

染矢が口にした言葉に驚いたのは、綾瀬だけではない。狩納もまた、怪訝《けげん》そうに眉根を寄せた。

「あと、セクハラも絶対禁止だから。これ鉄則ね。それを肝に銘じて、狩納が教えてあげればいいのよ。試験勉強」

厳《おごそ》かに、染矢が狩納を指す。

「狩納の下半身に良識を求めるなんて、我ながら前提条件が誤ってる気もするけど、でも頭のできだけでいえば合格よ」

そうは言っても、やっぱり無茶な話かしら。眉根を寄せた染矢に、綾瀬もまた喉を鳴らす。

「……なんだその目は」

沈痛な二つの沈黙に、狩納がぎらりと双眸を光らせる。

狩納の怒りも、尤《もっと》もだ。しかしここで、自分がどんな反応を示すのが正解なのか。泳いでしまいそうな目を叱咤《しった》し、綾瀬は深々と頭を下げた。

「……失礼します」

やはり誰かに頼る前に、一秒でも長く机に向かうべきだ。気遣ってくれた染矢に感謝しながら、綾瀬は逃げるように扉を目指した。

「おい、ちょっと待て綾瀬！」

「さすがの綾ちゃんにも知恵がついたみたいねえ。日頃の旦那の行いの悪さを思えば、警戒するのは当たり前なんだけど」

「黙ってろカマ野郎」

「っ…、ご、ご心配をおかけして、すみません。俺、一人で頑張ってみますから…！」

そう叫ぶだけで、精一杯だ。

振り返る勇気もなく、綾瀬は事務所を後にした。


ぎゅっと両手を握って、力一杯伸びをした。

「……うぅーん…」

詰まった呻きをもらし、ばったりと前のめりに倒れる。艶やかな食卓に上体を投げ出すと、レジュメが額に触れた。

広々とした食卓は、レジュメや教科書を広げても十分に余裕がある。居間ほどではないが、一人で座るには寂しいと感じるほど広い部屋だ。

食卓に突っ伏したまま、背の高い窓へと目を向ける。深い夜の色が、ブラインドカーテンの向こうに犇《ひし》めいていた。ひどく静かな部屋のなかで、そっと長い睫を伏せる。

「寝てるのか」

高い位置から響いた声に、ぎくりとした。弾かれるように起き上がった拍子に、体のどこかが食卓に当たって固い音を立てる。

「狩納さ…」

入り口を振り返り、綾瀬は咄嗟に自分の口元を拭おうとした。

これとそっくりなことが、昼間にもなかったか。言うまでもなく、大学の教室で居眠りをしていたあの時だ。

「ね、寝てたわけじゃありません…！　一息入れようと思って、伸びをして、それで…」

確かに、目は閉じていた。だが眠っていたわけではない。多分。

上擦るせいで、眠りから覚めた直後のような声になる。焦る綾瀬を、書類袋を手にした男が見下ろした。

「倒れてやがるのかと思ったぜ」

大丈夫か、と気遣われ、綾瀬がもう一度首を横に振る。

「大丈夫、です。勉強してて、ちょっと疲れちゃって…」

薄い綾瀬の体が机に突っ伏している様子は、いささか不穏なものだったかもしれない。切りのない弁明を、綾瀬はもごもごと呑み込んだ。

「……お帰りなさい」

焦るあまり、まだ挨拶《あいさつ》さえしていなかった自分に気づく。どうしようもない恥ずかしさに、綾瀬は細い声を絞り出した。

「なにか、作りましょうか」

今夜外で人と会う用件があった狩納は、そこで夕食をすませてきたはずだ。それでもなにか軽いものを作ろうと、綾瀬が筆記用具を片づける。

「別にいい。もう休むか？」

「いえ、俺はもう少し頑張らないと。狩納さんこそ、なんにも食べないんですか？」

このまま寝台にもぐり込めたら、どんなにいいか。だがそうするには、試験勉強の進行は捗々《はかばか》しくなかった。

むしろ、絶望的といえる。

試験範囲の広さは予想以上で、睡眠不足も手伝ってかなかなか頭に入ってこない。レジュメと教科書に目を通すだけでも、一苦労だ。元より、綾瀬は要領がいいとは言いがたい。大きな息を絞った体へと、厳《いか》つい手が伸びる。ごつごつとした掌で頬をくるまれ、綾瀬は長い睫を揺らした。

「狩…」

顎を引き上げてくる男の手は、少しだけ冷たい。夜の空気で冷やされた腕が、痩せた体を引き寄せた。

「…っあ」

唇が、触れる。ちゅ、と音を立てて唇を塞《ふさ》がれ、綾瀬は驚きに顎を引いた。

一瞬、やわらかな感触が離れる。しかしすぐに追いかけてきた口が、更に深く唇を覆った。

「あ、狩納さ…」

身動《みじろ》いだ綾瀬の手から、なにかが落ちる。抱えていた勉強道具のいくつかが、固い音を立てて食卓に散らばった。

「危ねえな」

床へと転がろうとしたボールペンを、男が受け止める。食卓へと散った教科書たちを、狩納が視線で辿った。

「そんなにきついのか、試験」

きつい。

一言で言ってしまえば、それにつきた。だがそんな苦境を訴えて、なんになる。快くアルバイトを休ませてくれただけで、十分なのだ。

「物理か。範囲はどこまでだ。レポートもいるのか？」

ボールペンを食卓へ放った男が、なにを思ったのか教科書を引き寄せる。レポートや範囲などという言葉は、凡《およ》そ狩納には似合わない。驚き、綾瀬は弾かれたように首を横に振った。

「範囲はここまでで、筆記試験だけ、です。…すみません、ご心配をおかけして。でも、大丈夫ですから、俺のことは…」

「そんなわけにいくか。そのためにバイトを休むんだろ。いいぜ、俺がつき合ってやる」

つき合うって、なにに。

勉強を手伝うと、狩納は言うのか。こぼれそうに目を見開いた綾瀬を、光る双眸が覗き込んだ。

「……なんだ、その目は」

まじまじと男を注視した綾瀬に、狩納が唸る。

「い、いえ。あの、…だ、大丈夫です。自分で、どうにか…」

どうにか、できます。

きっぱりと告げたその迷いのなさが、気に障《さわ》ったらしい。睨めつけてくる男の眼光が、険しさを増した。

「俺じゃ不足だって言いてえのか」

「ま、まさかそんなこと…！　狩納さん、お忙しいし、それに…」

「それに？」

上擦る言葉の先を促され、喉が鳴る。どう、言えばいい。こんな場面で言葉巧みに立ち回るなど、綾瀬には到底不可能なのだ。

「…あの、お、俺、この前、遅刻もしちゃったんです、この授業で…。だから、今回は本当に頑張らないといけなくて」

「それだから、手伝ってやるって言ってんだろ」

噛み合っているようで、完全に噛み合っていない。上着を脱いだ男が、どっかりと椅子《いす》に腰を下ろした。

「嫌なのか？」

本気で、狩納は綾瀬の試験勉強につき合う気なのか。ぎろりと睨めつけられ、綾瀬はちぎれそうに首を横に振った。

「違いますっ」

「だったらなんだ」

「ッ…、…だ、だから…、こ、困るんです…！　祇園さんみたいに、ふざけられるのは…」

もっと穏当な言葉など、いくらでもあったはずだ。だが実際声にできたのは、それだけだ。必死で訴えた綾瀬に、男が眼を眇める。

「祇園がどうしたって？」

「俺、本当に時間がないんです。ほ…、保健体育とか、そういう話は本当に…」

夕方、祇園が事務所でなんと叫んだかは、思い出すまでもない。たとえ冗談だとしても、全く笑えなかった。そんな余裕は、今の綾瀬には微塵もないのだ。

「保健体育？　てめぇ俺と祇園を一緒にする気か」

「だって狩納さん…！」

今更この男の素行を論《あげつら》っても、無意味だろう。

だが、考えてほしい。何故自分が、夜更かしをする羽目になったのか。

狩納と生活を共にしてから、綾瀬の日常は一変した。一人暮らしのちいさなアパートから、この広すぎるマンションへと物理的な変化を遂《と》げただけではない。一人きりの静かな夜、早々に寝床へともぐり込む習慣も失われてしまった。

狩納の帰宅を待ち起きていることは、綾瀬にとって苦痛ではない。むしろ家人の帰りを迎えられるのは、得がたい喜びだ。だが綾瀬の睡眠時間を削るのは、そうした狩納の帰宅の遅さだけではなかった。

「だってじゃねえだろう」

吐き捨てた狩納に、綾瀬が薄い唇を引き結ぶ。

「……だからなんだ、その目は。俺が言うと思うのか、そんな下らねえこと」

むしろ絶対に言うだろうとの確信があるから、警戒が解けないのではないか。百歩譲って口にしなかったとしても、行動に移される可能性は十分にあった。

「……本当に、言いませんか…？」

愚かな、問いだ。

こんな場面で狩納を信じるなど、火に飛び込むにも等しい。分かっていたが、それでも問いが口をついたのは、このままではどう足掻《あが》いても試験に合格できる気がしないからだ。

頭脳の明晰《めいせき》さだけを問題にすれば、狩納もまた群を抜いている。染矢がそう推してくれたのも、事

ませた。

迷わず応えた男に、綾瀬が踵を返す。同時に握り締めた三十センチほどの定規《じょうぎ》に、狩納が眉間を歪
「それはする」

「………へ、へ、変なことも、しませんか？」

「当たり前《め》ぇだろ」

実だった。


「てめぇ、俺をゴキブリだとでも思ってんのか」

「ゴ…！　ゴキブリは、こんな…！」

「だな。定規じゃなくて、スリッパで叩くんだったな、お前は」

舌打ちをした狩納が、教科書を捲《めく》る。綾瀬を食卓へと引き戻した男が、教科書の例題を眼で追った。

「…物体の温度が上昇した時、それが吸収した熱量Qを式で表せ」

響きのよい声が、問いを読み上げる。

本気で、試験勉強を始める気なのか。疑いを捨てきれずにいる綾瀬を、狩納が隣に座るよう眼で促がす。揶揄を拭ったその色に、綾瀬は迷った末に怖《お》ず怖《お》ずと腰を下ろした。

「勉強するんだろ。どうした、答えられねぇのか」

尋ねられ、慌ててシャープペンシルを手に取る。これ以上、実際一秒だって時間を無駄にはできない。気持ちを切り替えようと、綾瀬もまた示された問題文を目で追った。

「え、ええっと…」

参考書に並ぶQやMといった文字たちは、どうにも親しみを持ち辛《づら》い。高校時代もそうだったが、直感的な理解が及ばない記号はそれだけで綾瀬を気後れさせるのだ。

「MとCで…」

ぶつぶつと呟《つぶや》きながら、ノートに式を書く。進みの遅い綾瀬の手元を、男の双眸が見下ろした。そこに滲むのは、どこか不思議そうな色だ。

「まだ全部読めてなかったのか？　教科書の試験範囲」

自分の解答は、間違っていただろうか。ぎくりとして、綾瀬はもう一度問題文を見返した。

「い、一応、全部読みはしました」

「じゃあどこで迷うんだ」

「どこって…」

確かに、教科書は読んだ。しかしそれだけでは理解が十分でないから、一人で唸りを上げているのではないか。

「大体こいつ、熱量Qを式で表せって、まんまじゃねえか。問題に書いてある通りだろ」

問題文を指で弾かれても、すぐには言葉の意味が呑み込めない。

問いは物体の温度が変化した際必要となった熱量を、式で表すよう求めている。公式を丸暗記できていないことを、責められているのか。あるいは文章が指す状態の変化を式で表すのだから、両者の内容は同一だと狩納は言っているのだろうか。

「……え…？」

背中を、冷たい汗が流れる。

これは、駄目なやつだ。

先刻までの焦りとは決定的に違う絶望が、背筋を舐めた。

多分きっと、狩納の主張は間違っていない。

だがそれは教科書を一読して全てを理解する、そんな頭脳を持つ者の意見ではないのか。そもそも公式を暗記することも、綾瀬は得意でないのだ。理屈を噛み砕き、呑み込んでしまえば応用もできるが、そこに至るまでには時間がかかった。

「えってなんだ」

眉をひそめた男が、綾瀬の前髪に指を伸ばす。わずかに額を掠《かす》めた指の感触に、綾瀬は反射的に定規を構えた。

「てめ」

「変なこと、してる時間はないって…！」

「変じゃねえだろ。大体お前、教えてもらってんのになんだその態度は」

「な…！」

自分は確かに、狩納に教えを請《こ》う立場だ。しかしそれは、綾瀬こそが是非にと望んだことだったか。

その上自分と狩納の能力差は、圧倒的だ。狩納は、物理を十分に理解している。だが綾瀬が物理のなにを理解できていないのか、その点は微塵も分かっているとは思えなかった。

「そんなことねえってか？」

やはり、逃げなければ。

本能的な危機感に立ち上がろうとするが、頑丈な腕を肩に回される方が先だった。逞しい腕で引き寄せられ、手元のノートを覗き込まれる。

「もっと簡単なのからいくか。…電磁気の法則を発見した野郎の名前は？」

耳の真横で、低い声が響く。

冷静な声は、勉学に励む以上の機微を含まない。そのはずなのに、不覚にもぶるっと肩がふるえた。

「マ、マクスウェル…？」

昼間、大学で読んだレジュメにあった名が蘇《よみがえ》る。

「ジェームズ・クラーク・マクスウェル。スコットランドの学者だな。気体分子運動論の研究も残してやがる。他は土星の環《わ》の研究か」

狩納の眼は、資料を追ってすらいない。それでも教科書を読むように口にされ、綾瀬は琥珀色の目を瞬かせた。

「どうして狩納さん、そんなことまでご存知なんです？」

レジュメにも、そこまで詳しくは載っていなかったはずだ。驚く綾瀬に、狩納が怪訝そうに眼を眇めた。

「学生ん時やるだろ普通。お前さっき教科書読んでたくせに、頭に入ってねえのは緊張感が足りねえからじゃねえのか」

「それは…」

ぐうの音も、出ない。狩納は、学び舎《や》を離れて久しいはずだ。本来であれば、現役の学生である自分こそが鮮明な知識で解答できて然るべきだろう。

「いいぜ。先生、って呼べ。その方が身が入るだろ」

「先…」

にやりと笑われ、目眩がする。なんだか、それは益々《ますます》駄目な響きだ。お世辞にも鋭敏とは言いがたい自分でも、これまでの経験が警鐘《けいしょう》を響かせる。定規を握り直そうとした綾瀬に、狩納が深く額を寄せた。

「そんな物騒なもん振り回してんじゃねえよ。そんな暇があったら、熱量保存の法則を解説しろ」

「ね、熱量、保存の…?」

「そうだ。分からねえのか」

すぐには応えられなかった綾瀬を、する、と大きな手が撫でる。そのまま肘《ひじ》まで撫で下ろされ、綾瀬は痩躯を跳ねさせた。

「ッ、ど、どこ、触ってるんですかっ」

「五点減点」

ぴしゃりと、低い声が告げる。

「は…？」

「あんま減点が多いと、落第《らくだい》な」

なんだ、それは。

自分は正真正銘、単位を落とすかどうかの瀬戸際なのだ。抗議しようとした綾瀬の顎先を、罰だとでも言うように男の歯が軽く嚙む。

「ちょ…っ、狩納さ…」

「先生、だろ」

繰り返した男が、跳ねた足先に足を絡めてくる。椅子に座ったまま体が密着して、綾瀬は薄い胸を喘がせた。

「悪ふざけは…」

「物体のなかを、熱が伝わる現象は？」

肘をいじっていた手が、背中へと動く。シャツの裾を捲った狩納の指は、少しだけ冷たい。その感触の生々しさに、びく、と肩が竦んだ。

「っ…」

「なんだ。また五点減点か？」

「で、伝導《でんどう》…！　伝導、です！」

もう、定規を振るうどころではない。両手を伸ばし逞しい腕を摑むと、男が頷いた。

「正解だ。その伝導が、物体を伝わる際の特徴は？」

正解したはずなのに、男の指は尚もデニムの履き口をいじってくる。

薄い脇腹《わき》に手を回されると、問いになど集中していられない。背中から抱えるように腕を回され、綾瀬は立ち上がろうと食卓に手をついた。

「も、狩納さん、こんなこと…」

「十点減点。先生って呼べって言ってんだろ。なんだその口の利《き》き方」

「ひゃっ」

厚みのある掌が、ぱん、と軽く尻を撲つ。痛みはないが、驚きに上体が崩れた。食卓に胸が落ちて、尻を突き出す格好だ。もう一度尻を叩いた狩納の手が、デニムにかかる。

「熱の伝導は、高い方から低い方へ伝わる」

「あっ…」

ずる、と下着ごと剝かれた尻へと、大きな掌が重なる。なにを、する気だ。勉強に集中しなければ、いけないのに。

じたばたと暴れた尻を、今度は直接撲たれるのか。息を詰めた綾瀬の予想を裏切り、太い指がぎゅうっと尻臀《しりたぶ》を摑んだ。

衣類に守られていた綾瀬の肌は、狩納のそれに比べてあたたかい。じん、と冷えた手の温度が染みて、自分の体温と混ざるのが分かった。

「温度の異なる物体が接触すると、高い方から低い方へと熱が移る。その結果、二つの物質の温度はどうなる？」

それは、今まさに自分たちの肌の間で起きていることか。低められた声の響きに、首筋から汗が噴き出す。こんな方法で、勉強したいわけではない。それでも先程読んだ教科書の一文が、脳裏に蘇った。

「じ、時間がたつと、き、均一に…」

「そうだな。その状態を、なんと呼ぶ？」

背中に落ちる狩納の声は、腹が立つほど落ち着いている。まるで行儀《ぎょうぎ》よく席に着いて、教科書に向かっているみたいだ。実際は立ち上がった男が、悶える綾瀬へと背後から伸しかかっていた。

「…熱の、熱、平衡状態…、って、狩納さ…」

「ちゃんと理解できてるじゃねえか」

頭を撫でる代わりに、すりすりと尻をさすられる。びく、と跳ねてしまう体が恥ずかしくて、綾瀬は懸命に首を横に振った。

「も…、ふざけてないで下さ…」

「ふざけてねえだろ。熱のやりとりが二つの物質の間でだけ行われ、全体の熱量に変化がないとした場合、物質Aが失った熱量は、物質Bが得た熱量とどんな関係にあると言える？」

これ以上は、本当に無理だ。

熱の伝導については、もう十分に分かった。逃げようともがく綾瀬の内腿を、節の高い指がくすぐる。迷う素振りもなく、その手がぎゅうっと性器を包んだ。

「っあァ」

陰嚢《いんのう》ごと、まだ縮こまっている肉を握られる。重さを確かめるよう転がされ、膝が笑った。

「こんな問題にも応えられねえのか？　減点だけじゃなく、罰則も必要みてえだな」

言いがかりも、甚《はなは》だしい。それでも罰則という言葉に、ふるえが走る。

とてもではないが、冗談には聞こえなかった。ふるえた綾瀬の指が、投げ出された教科書にぶつかる。

「あっ、う、失われた熱量と、もう一方が、得た熱量の関係は…、イ、イコール…」

「いいぜ。そいつが熱量保存の法則だ」

それは、先程狩納が口にした問いの一つだ。

熱い物体が冷たい物体と接した際、両者の間でやりとりされた熱量は同一である。言葉にすれば単純な法則を表す公式が、先程よりも鮮明に頭へと焼きついた。

「どうだ。一人でやるより、俄然《がぜん》頭に入るだろ」

確かに、緊張感は群を抜いている。眠気を覚える余地すらない上、もう二度とQやMが登場する公式を忘れそうになかった。

もしかしたら狩納は本当に邪念なく、自分を指導してくれる気だったのか。うっかり真剣に頷きそうになった自分に、綾瀬は慌てて首を横に振った。

そんなわけあるものか。尻を突き出すこんな姿勢が、勉学に励むものであるわけがないのだ。

「俺の教え方も、なかなかのもんだろ」

自画自賛した男が、性器を転がし会陰《えいん》へと指を伸ばしてくる。

皮膚の薄いそんな場所は、他人に触れられることに慣れてなどいない。手前に向けやわらかに掻かれると、腹の奥の方がぞわりと痺れた。

「…っひ、あ」

「次は例題を解いてみるか。…百二十度に熱した容器に二十度の水を入れた。容器の熱容量は百J／K。水は五十グラムとする。容器と水が同じ温度になった時、それは何度か」

言葉が、脳味噌を上滑る。

容器は、百二十度。容器と水が同じ温度になったということは、両者が均一な熱平衡状態に至ったということだ。用いるのは、Qで始まる熱量の公式だろう。

だがそれが分かったところで、どうにもならない。開いたままのノートに爪を立てた綾瀬を、男の腕が揺さぶった。

「おら、どうした」

どん、と腰をぶつけられると、振動が全身に響く。会陰を揉《も》んでいた指で尻の穴をくすぐられ、膝が跳ねた。

「ぃあ、っ…」

火で炙《あぶ》られたみたいに、思考が溶ける。いつの間にか芯を持ち始めていた性器が、男の掌に当たるのが分かった。

「答えられるだろ？」

尻を揺すって男の指を避けようにも、食卓と巨軀《きょく》とに挟まれて身動きできない。密着した体に尻をすりつける動きにしかならず、綾瀬は爪先をばたつかせた。

「…あ、求める、温度を、T…」

切れ切れに絞り出すその間にも、固い指が尻穴へと食い込んでくる。回す動きで捻《ねじ》り込まれ、弱い場所に届いてしまいそうな恐怖に声がもれた。

「っあぁ」

「その調子だ」

褒めた狩納の指が、尻穴から退く。ほっと息を吐いた体を、頑丈な腕が摑んだ。

「つう…ぅ」

「危ねぇな」

大きくふらついた痩軀を、引き上げられる。そのまま食卓へと転がされ、爪先が宙を搔いた。

「な…」

ごとんと、投げ出された肘が天板に当たる。たった今まで、固いそれに額を押しつけていたはずだ。

その体が、今度は背中から食卓へと転がされた。

「落ちるなよ」

食卓の上から仰ぎ見る天井は、日常とは切り離された光景だ。白い脹《ふく》ら脛《はぎ》に絡んでいた着衣を、狩納が造作なく引き抜く。ぎょっとして膝を引き寄せると、裸に剝かれた自分の下腹が視界に飛び込んだ。

「あっ…、な…」

「温度をTと仮定した時、式はどうなる？」

物理の問題を論じる声は、やはり落ち着いている。興奮を滲ませることのない響きとは対照的に、男の眼前には恥ずかしい場所の全てが晒されているのだ。息を詰めた綾瀬の膝を、精悍な唇が音を立てて吸った。

「待…」

「五点減点」

押し返そうと伸ばした腕を、呆気なく打ち払われる。薄い胸元をさすった男が、頑健な体を深く屈めた。

「っあ」

視線を合わせたまま、狩納が大きく口を開く。

駄目だ。

叫ぼうとした綾瀬の腿に、白い歯を立てられる。甘い痛みを残した口はすぐに離れ、そしてもう一度開かれた。

今度はどこに、噛みつかれるのか。期待など、していない。そのはずなのに、与えられた経験が嫌でも鼓動を蹴り上げた。

「ア、や…」

がぽりと、生々しい音が鳴る。ひくつく性器を迷うことなく口に含まれ、綾瀬は声も上げられず仰《の》け反《ぞ》った。肺を押されたみたいに、呼吸ができない。痛いくらいの鼓動が胸を叩いて、目の前で光が爆《は》ぜた。

「っや、は、んあ、待…」

たっぷりと唾液《だえき》にぬれた口腔は、熱い。

血を巡らせた綾瀬の性器だって、十分に熱いはずだ。それでもぐぽ、と深く含まれると、狩納の体温の高さに驚かされた。

溶かされる。

高い場所から、低い場所へ。熱が移動するのを、待つまでもない。瞬く間に溶けて、混じる前に崩れ落ちてしまいそうだ。

腿をさする手が、会陰へと垂れた唾液を掬う。ふっくらと腫れた尻の穴へと指を押し当てられ、下腹がうねった。

「っぃ、あっ、あ…」

ぐ、と指を押し入れながら、小刻みに頭を揺すられる。そんなふうにされたら、一溜《ひとた》まりもない。潤んだ先端が複雑な形をした口蓋《こうがい》にこすれ、呆気なく性器が弾けた。

「…あァ、あ…」

ぴんと爪先までを強張らせ、射精する。濁った音を立てて性器を吸われると、新しい痺れが背骨をとろかした。

「誰が出していいって言ったよ」

笑った男が、ずる、と音を立てて口腔から性器を引き出す。それさえも、気持ちがいい。ぞくぞくと下腹を舐めた性感に、シャツの下の乳首までが甘く痺れた。

「お前、減点喰らってんだぜ。気持ちよくなれる立場じゃねえだろ」

言葉とは裏腹に、器用な舌がふるえる性器にキスを落とす。

尿道口を突いてくる舌先は、やはり熱い。れろ、と舐められると、もう一度射精してしまいそうだ。だが実際には、ざらついた舌の感触は射精した直後の性器には強すぎる。あぁ、と悶えた綾瀬に構わず、男の舌がいじめる動きで性器をいじった。

「や…ァ、ぁ、狩さ…」

殊更《ことさら》丁寧に性器を舐め回した男が、ゆっくりと顔を上げる。べろ、と自らの上唇を拭う舌の動きが、涙で曇る視界に焼きついた。

「…ぁ、すみ、ま…」

細い謝罪が、泣き声に混ざる。素直すぎるそれが、おかしかったのか。見下ろす男が、肩を揺らした。

「謝るくれえなら、素直に先生って呼べよ」

重い睫を、ぬれたままの唇が吸ってくる。

微《かす》かに、鼻先を精液の匂いが掠めた。

「…っ、ぁ…」

ぬるつく指で尻穴を小突かれ、踵が跳ねる。浅く指を押し込まれると、くぷ、と信じられないような音が鳴った。

「なんで、呼ばねえんだ」

いつだったか、似たような言葉で責められたことがなかったか。手繰り寄せようとした記憶を、ひやりとした感触が掻き消した。

「…っ、ひァ」

無防備な腹に、なにかが垂れる。

上着から取り出した銀の小袋《パウチ》を、男が握り潰したのだ。封が切られたそれから、とろりとしたローションが下腹に注ぐ。

「ぁ、冷た…」

「例題は、水じゃなくてこいつにしときゃよかったな」

どこまで、本気なのか。

笑った男が、臍下に溜まったローションをぬるりと掬う。てらつく指が、先程までよりも深く尻の穴へともぐった。

「ぃあ、…んぅ」

ひやりとした感触に、痩軀が竦む。だが何度もいじられた括約筋は、すでにやわらぎ始めているのだ。ぬらされた指が、深い場所にまでずるりと届いてしまう。

「あっう、んん…」

「同じ例題なら、水よりそっちの方が身が入るだろ?」

いつだって、自分は勉強に集中しようとしているのに。

喘いだ綾瀬を咎めるよう、太い指が器用にくねった。探る動きで、腹側をくすぐられる。ふっくらと腫れたような場所を圧《お》されると、目の前で光が散った。

「っい、あ…、あっ」

奥から手前へ、そしてもう一度奥へ。揃《そろ》えられた指が、はぐらかすことなく前立腺を捏ねてくる。掻き出すように指を使われると、どっと口腔に唾液が湧いた。力を失ったはずの性器がぴくんと跳ねて、少量のしずくが腹を汚す。

「…っぁ、待ぁ…、休ま…」

一本の指を呑み込むのだって、苦しい。それなのに数を増した指で圧迫され、下腹全体がどろりと痺れた。

腸壁越しに、ちいさな器官を転がされる。それだけのはずなのに、じっとしていられない。開きっぱなしの唇から、ぬれた声と涎とがとろりとこぼれた。

「時間が惜《お》しいって言ったのは、お前だろ」

ぐりぐりと前立腺を揉んだ指が、括約筋の弾力を確かめるように曲がる。苦しげに形を変えた穴から、くぷ、と音を立てて指が抜けた。

「…ぁあ、は…っ」

直腸の体温であたためられたローションが、狩納の指から食卓へと伝う。ひんやりとした食卓が、今度はローションの熱を奪うのか。どうしようもない想像に、鼻腔の奥が鈍く痛んだ。

「綾瀬」

喘ぐ胸元に、声が落ちる。掠れた響きにも、腿へと擦りつけられた熱さにも奥歯がふるえた。

「んぅ…、っあ…」

摑み出された狩納の陰茎が、汗ばんだ肌にこすれる。目で確かめなくても、ごつごつとした陰茎の形が瞼に浮かんだ。

自分自身の想像に、喉が鳴る。

それが緊張によるものなのか、あるいは興奮によるものなのかもうよく分からない。

「確かに、時間がどんだけあっても足りそうにはねえな」

嘆息の終わりが、低く掠れる。ぐっと腰を突き出され、白い指が食卓を掻いた。

「ひ、ァ…」

尻の肉に親指を添えられ、外側へと開かれる。ぬれた色を覗かせた粘膜を、弾力のある陰茎が押し開いた。

みっちりとした肉が、入り込んでくる。逃げられない。

いつだって、そうだ。体だけでなく、頭のなかのどこにだって、逃げ場所なんかなかった。

「…はっ、…ぁあ、あっ」

空気が潰れる音が、ぐぽ、と深い場所で鳴る。昨夜も同じ肉を呑み込んだなどと、信じられない。綾瀬に寝不足をもたらした陰茎が、試すように前後に動いた。

「あぁ、ぅ…」

散々指でいじった前立腺を、太い肉が圧迫する。

指ほど、器用な動きとはいえない。だが圧倒的なその体積に、声が出た。

熱くて、苦しくて、脳味噌が煮えてしまいそうだ。

体重を乗せて腰を押し込んだ男が、陰茎を呑む穴を指で確かめる。もうその指は、冷たくない。火のように熱い指が、ぴっちりと引き伸ばされた粘膜を辿った。

「ひ、ァ狩…」

悶えた指が、なにかを摑む。

ぎゅっとレジュメを握った綾瀬へ、狩納が深く身を屈めた。圧迫が増して、脈動する陰茎が角度を変える。張り出した雁首《かりくび》が前立腺を圧して、顎が上がった。

「ひっ、あ、だ…」

「勉強に、励もうぜ」

男の手が、綾瀬の指からレジュメを奪う。

床へと放ったそれを、狩納は一顧だにしない。代わりに汚れた手が指へと絡んで、綾瀬は腰をくねらせた。

自分のものとは違う熱が、皮膚に染みる。

狩納の熱に晒されれば、自分など形を保《たも》っていられない。

「綾瀬」

きゅっと締まった穴の奥で、血管を浮き立たせた陰茎が膨らむ。揺すられるまま、綾瀬は熱の底で声を上げた。


「どうにかなんねえのか、それ」

苦り切った声が、唸る。

開いていた問題集から顔を上げ、綾瀬はちらりと戸口を振り返った。

使い勝手のよい小円卓《テーブル》に、やわらかな陽光が落ちている。日差しがいっぱいに入り込む台所《キッチン》は、このマンションでも特に気持ちのよい部屋の一つだ。

「……」

押し殺したような沈黙が、綾瀬を包む。

穏やかな日差しに、その沈黙の重さはあまりにも不似合いだ。どんよりとした空気を隠すことのない綾瀬に、狩納が深い息を絞った。

「おい聞いてんのか、綾瀬」

「……聞いてます。狩納、先生」

それは四日ほど前、性交の際に狩納が強いた敬称だ。無論、本気でそう呼ばせたかったわけではないだろう。だがそれを持ち出した綾瀬に、男が唇を開いた。

怒鳴りつけようと、したのか。そうされても、不思議はなかった。分かっていても、どうにもできない。鼻腔の奥に冴《さ》えた痛みを感じながら、綾瀬はきつく唇を引き結んだ。

だって他に、なにができる。

台所の端に蹲《うずくま》って泣くか、狩納の脇腹でも拳で撲つか。思い描いてみても、気持ちは重くなるばかりだ。

「てめぇ、もういい加減に…」

吐き捨てようとした狩納の背後で、深い嘆息がもれる。しなやかな腕が、狩納の巨軀を押し退《の》けた。

「なーにやってんのよ、狩納。心配してついてきてみたら案の定じゃない。空気悪すぎよ、この部屋」

うつくしい唇を歪め、染矢が台所の扉をくぐる。まるで、眩《まばゆ》い太陽が飛び込んできたみたいだ。くしゃりと顔を歪めた綾瀬に、染矢が切れ長の目を瞬かせた。

「あらあら。どうしたのよ綾ちゃん。なんだかいつもより眉が凜々《りり》しくなってるわよ？」

いつもは困った様子で垂れている綾瀬の眉が、今日に限っては心なしか吊り上がっていると染矢は言うのだ。心配げな染矢の声音に、張り詰めていたものが切れそうになる。

鼻腔の奥の痛みが強くなり、綾瀬は薄い肩をふるわせた。

「大丈夫？　なにがあったのよ」

どうもこうもない。

込み上げる感情を言葉にできず、綾瀬がぎゅっと目を瞑《つむ》る。

四日前に実施された物理の試験を、綾瀬は遅刻もせず受けることができた。

だが、それだけだ。

食卓で物理の教科書を広げたあの夜、結局綾瀬が眠ったのは明け方に近い時刻だった。それほどまでに長い間、狩納と繋がっていたという意味ではない。無論短い時間でもなかったが、性交を終えた後にも気力を振り絞り、綾瀬は教科書を開いたのだ。

翌日もふらつきながら、一日机に齧りついていた。しかし圧倒的に、時間が足りなかったのだ。

今日掲示板に張り出された不合格者の名前を思い出し、綾瀬はがっくりと項垂れた。

最悪だ。追試を言い渡されるまでもなく、結果は惨憺《さんたん》たるありさまだった。

「別に、なにも…」

これ以上染矢に心配をかけまいと、首を横に振る。顔を歪めた狩納が、苦々しい仕種で咥えた煙草に歯を立てた。

「四日も、辛気臭《しんきくせ》ぇ面して押し黙りやがって」

低く唸った男を、染矢がきっと睨めつける。

「綾ちゃん、もしかしてテスト、あんまり結果がよくなかったの？　狩納の奴、綾ちゃんの役に立つどころか邪魔しかしなかったとか？」

さすがにそこまで、狩納も鬼でなければ愚かでもないだろう。言外にそう滲ませた染矢を、綾瀬の沈黙が肯定した。

「ちょっと、嘘でしょ」

心底から呆《あき》れた染矢に、狩納が舌打ちをする。

怒鳴りつけるのか。身構えた綾瀬の頭上で、男が大きく息を吐いた。

「……すまねえ、綾瀬」

耳を、疑う。

それはきっと、染矢も同じだったのだろう。あんぐりと口を開けた染矢が、二度狩納を仰ぎ見た。

あの、狩納が。傍若無人を絵に描いたような男が、まさか自分の前でこんなふうに謝罪するなど思ってもみなかったに違いない。

「悪かった」

染矢の驚きには頓着《とんちゃく》せず、狩納がもう一度唸る。

この四日、いや食卓で性交したあの夜以来、狩納は押し黙る綾瀬に手を焼いてきたはずだ。あの手この手で宥《なだ》め賺《すか》し、それでも軟化しない態度に時に苛立《いらだ》ちを覗かせた。だが、男は怒りを爆発させはしなかった。

言うまでもなく、綾瀬を追い込んだのは他ならない狩納自身だ。だからといって、狩納が綾瀬に怒る余地をくれるとは限らない。望めば、男は綾瀬から沈黙を奪うこともできた。そうするどころか謝罪を口にした狩納を、染矢が化け物でも見るかのように凝視する。

「テストが終わった後も、お前一人で勉強してやがったろ。試験に落ちたっていっても、僅差だったわけじゃねえか。心配しねえでも、次の追試はちゃんと受かるはずだ」

つきんと、鼻腔の痛みが鋭さを増す。

どんな理由があるにせよ、試験に合格できなかったのは綾瀬自身の問題だ。それはこの四日の間も、頭では痛いほど理解できていた。だが感情の全てを制御《せいぎょ》することは、難しい。夜更かしをするに至った理由も、そしてあの夜の出来事も、思い返すたび叫び出したい気持ちになった。

「追試、来週だろ。大丈夫だとは思うが、念のため今度こそ、一人でやるより結果出せそうな奴を連れてきたぜ。会ってみるか？」

「連れ、て…？」

なにを、だ。

驚き目を瞬かせた綾瀬に、狩納が唸る。

「家庭教師、だ」

「え…？」

狩納は、他人の手に綾瀬を任せることを好まない。頑《かたく》なな態度を責められ、教科書を取り上げられるのではないか。そんな危惧に反し、狩納は自身以外の適任者を綾瀬のために手配してくれたというのだ。

「…びっくり。さすがの狩納も綾ちゃんには弱いわねえ…、って、誰なのその家庭教師って。久芳君じゃないわよね？　彼って物理は物理でも、バッテリー持ち出して電極の解説するとか、バールの使い方くらいしか教えられないんじゃないの」

首を捻《ひね》る染矢を無視し、狩納が廊下へと眼を向ける。

本当に、新しい家庭教師を連れてきてくれたのか。

「狩納さん、あ…」

ありがとうございます。感謝の言葉を口にしようとして、綾瀬はちいさく息を詰めた。

戸口へと現れた人物の姿に、目を見開く。

嘘だろう。

ばったりと倒れる代わりに、綾瀬は咄嗟にスリッパを摑んでいた。破壊力はともかく、一心不乱に振り下ろす。

「い、痛い！　痛い痛い綾ちゃん…ッ、やめたって…！」

思いの外軽快に響いた打撃音に、悲鳴が重なった。

必死に頭を庇《かば》う腕の向こうで、白っぽい金髪が揺れる。蹲り泣き出しそうな目で自分を見上げるのは、先日事務所から蹴り出された祇園だ。

「ちょ、綾ちゃん男に戻ってるわよ」

驚き目を瞠った染矢を、綾瀬が眦を決して振り返る。

「最初っから俺は男です！」

ちいさな鼻からあらん限りの息をもらし、気がつけば大きな声で叫んでいた。追い詰められたその勢いに、染矢が唸る。

「あらやだこんな男らしい綾ちゃん、久し振りに見たわ。相当ショックだったのねえ、テスト」

ショックもなにも。

言い訳のしようもない経緯で勉学を疎《おろそ》かにし、挙げ句試験に失敗したのだ。その上追試まで落とすことになったら、学生失格だろう。不覚にも涙が滲みそうになり、綾瀬はスリッパを握り締めた。

「ま、待って綾ちゃん！」

「待てません…！　俺、もう冗談は…」

叫び、スリッパごと狩納へと向き直る。意を決してそれを振り上げた綾瀬の足元で、祇園が身悶えた。

「も、もうおとぼけはナシやから！　ホンマ！　ホンマ心を込めて！　責任を持って教えさせてもらいますッ！」

「追試落ちたら、こいつをその窓から投げていいぜ」

訴える祇園を、狩納が顎で示す。

「な、ちょ、兄さん人の命をなんやと思って…！」

「そもそもこうなったのも、お前が保健体育だの言い出したせいだろうが。最初から真面目に試験勉強につき合ってりゃあ、こいつは一発で合格できたんだ。今度こそ、責任持って合格させろ」

どの口が、言うのか。

過日事務所で祇園がふざけなければ、確かに綾瀬が狩納から指導を受ける必要はなかっただろう。だがそもそも誰のせいで、家庭教師が必要な事態に陥ったのだ。無論そんな真っ当な主張を、狩納の前で吐ける者などいない。顔を引きつらせた祇園が、自暴自棄な勢いで首を縦に振った。

「ににに兄さんの言う通りですわ…！　万が一、万が一にも綾ちゃんが不合格やったら、十五階やろうが都庁の上からやろうがどこからでも飛びますわ！　だから…」

「じゃあ都庁な。気合い入れて教えろよ」

平静に命じた狩納に、祇園が悲鳴を上げる。

「自分の下半身の失敗を、祇園の命で尻拭いしようなんて本当に鬼よね。いいわ、お店が始まるまで、あたしも綾ちゃんの家庭教師になってあげる」

うふふ、と笑った染矢が、呻く祇園を促した。

早速居間に移り、勉強を開始しようというらしい。教科書を手に居間へと向かった二人を、綾瀬は信じられない思いで見送った。

「追試、三日後だろ」

狩納の声に、我に返る。琥珀色の瞳を見下ろし、狩納がもう一度苦い息をもらした。

「バイトはそれまで休んでいいぜ。時間さえあれば、お前なら祇園の力を借りねえでも合格できるだろうけどよ」

腕の時計に眼を落とし、狩納が鼻面に皺を寄せる。

祇園を連れてくるためだけに、仕事を抜けてきたのだろう。玄関へ向かおうとした狩納に、綾瀬は思わず腕を伸ばしていた。

「あ…、ありがとう、ございます」

喉の奥で萎縮していた言葉を、押し出す。

後で祇園にも謝って、そしてちゃんとお礼を言おう。無論、染矢にもだ。

引き留められるとは、思っていなかったのだろう。腕を摑まれた狩納が、ぎょっとしたように振返った。

思えばこの数日間、これほど近くから狩納を見上げたことがあっただろうか。眩いものを眼にしたように、狩納の双眸が歪む。大きく身を屈めた男が、白い瞼へと唇を落とした。

「狩…っ」

「絶対《ぜって》ぇ、合格しろよ」

軋《きし》るような声が、命じる。唇を押し当てる代わりに、狩納が形のよい額を押しつけた。

「お前に俺から教えてやりてぇこと、一週間分たっぷり溜まってるからよ」

寝台で、教科書なんか抜きにして。

もう一口齧りたそうに、狩納が唸る。犬歯が耳朶《じだ》へ食い込むのを許さず、綾瀬は握ったスリッパを振り上げた。

ヘヴィースケジュール

02:53 Saturday

ヤりてえ。

一言で言えば、それだけだ。

通話を終え、狩納北は腕の時計に眼を落とした。午前二時五十三分。金融業者に限らず、大抵の会社はとうに営業を終えている時刻だ。狩納が経営する事務所も、入り口の明かりはすでに落とされている。

一度、自宅に戻れるだろうか。

胸に湧いた希望に、狩納は精悍な眉間を歪めた。鋭利な双眸が眇められると、男の容貌はよりいっそう暴力的な凄味《すごみ》を帯びる。冴え冴えとしたそれは、よく切れる刃物を思わせた。携帯端末を握り直し、狩納が書類入れに手を伸ばす。自宅は、同じビルの最上階だ。重厚な革張りの椅子から腰を上げようとして、男は舌打ちをもらした。

携帯端末が、再び低い唸りを上げたのだ。表示された名前に、狩納は帰宅の可能性が遠のいたことを悟った。

「俺だ」

自動車の鍵《かぎ》を確かめ、資料を脇に挟む。電話の相手に応え、狩納は早足に駐車場を目指した。

今夜もまた、長丁場になりそうだ。

11:26 Saturday

ブランチと、呼べばいいのだろうか。

朝食の準備を終えたのは、五時間ほど前のことだ。しかし今この時間から食べるのなら、もう朝食とは呼べない気がする。

台所《キッチン》に置かれた時計を確かめ、綾瀬雪弥はほっそりとした首を傾けた。白いうなじだけでなく、手も足も全てが華奢な少年だ。一見しただけでは、性別を判じがたいような清潔さがある。ゆっくりと瞬きすると、繊細な瞼の向こうに琥珀色の瞳が隠された。透けるような肌の色と同様に、瞳やそれを縁取る睫もまた色素が薄い。真昼の日差しのなかで、綾瀬はちいさく頷くと身につけていたエプロンを外した。

五時間前は朝食だったものたちを、どうあたため直すか。その段取りを思い描きながら、寝室の扉をぐる。

広い、部屋だ。寝室に限らず、このマンションは目を瞠るほどゆったりとした造りをしている。それまで綾瀬が一人で暮らしてきたアパートなど、一棟まるごと収まってしまうのではないか。そう思えるほど広いマンションの最上階に、綾瀬は男と二人で暮らしていた。

狩納北。マンションが入る同じこのビルで、金融業を営む男だ。

できるだけ音を立てないよう、寝室を覗き込む。大きな寝台の上に、無造作に盛り上がった布団《ふとん》が見えた。手足を投げ出した狩納が、ぐっすりと眠っている。名前を呼ぼうとして、あまりにもよく寝ている様子に迷いが湧いた。

狩納は、忙しい男だ。必要とあれば、何時だろうと出かけてゆく。

昨夜だってそうだ。夕食時にも帰ってこられず、夜食を差し入れたくても事務所にさえ不在がちだった。結局男が帰宅したのは、綾瀬が朝食の準備を終えた後のことだ。

今週は特に忙しいのか、遅くに帰宅し、早くに飛び出してゆく日が続いている。お前は寝ていろと念押しされた通り、綾瀬は戻らない男を心配しながらも、寝台で休ませてもらった。すっかり日が昇ってから帰宅した狩納は、さすがに疲れていたらしい。用意した朝食を取ることなく、シャワーだけ浴びると寝台に入った。

十一時半に起こしてくれと言われていたが、それで体は保つのだろうか。

人混みのなかにあっても、狩納は頭一つ以上確実に抜きん出るほどに背が高い。筋肉質の体は屈強で、無尽蔵と思える体力の持ち主でもある。しかし、さすがに少し働きすぎではないのか。

時刻は、十一時半になろうとしている。思案しつつも、そろりと寝台に近づいた綾瀬は、手首を包んだ熱に悲鳴を上げた。

「お、起きてらしたんですか…」

寝台に転がる男の手が、華奢な手首を摑んでいる。いつから、眼が覚めていたのか。こちらを見る狩納の双眸には、眠たげな気配はすでになかった。

「あのまま、寝ちまってたのか、俺」

低く尋ねた男が、もぞりと寝返りを打つ。摑んだ腕を引き寄せられ、綾瀬は崩れるように寝台へと腰を落とした。

「ええ、シャワーを浴びて、そのまま。ご飯、できてますよ」

「…畜生」

眉間に深い皺を寄せ、狩納が唸る。寝起きのせいで掠れる声が、いつも以上に不機嫌に響いた。ぞくりと鳥肌が立ちそうなそれは、誰であっても怯えずにいられない声だ。同時に、ひどく官能的でもある。

「なにかありましたか？」

もしかしたら重要な仕事を残したまま、眠ってしまったのだろうか。不安になって尋ねた体を、長い腕が巻き取った。

「昨日こそは、お前とヤろうと思ったのによ」

苦すぎる悔恨と共に、抱えられた体を寝台に転がされる。横抱きにされ、押さえ込まれた尻になにかが当たった。

朝の勢いで勃起《ぼっき》した、狩納の下半身だ。

「え？　ちょ、狩納さん…」

「お前も起こせよ」

「い、今、十一時半……」

だから起こしに来たのだと、訴えた綾瀬に狩納が歯を剝き出しにする。

「違ぇ。夜、俺が帰ったら寝かせずヤれってんだ」

倒れるように眠った大男を相手に、なにをしろと言うのか。どんなことだって、不可能だ。抗議の声をもらすこともできなかった綾瀬から、大きな手が着衣を毟る。

腹を空かせた、動物みたいだ。空腹なだけでなく、まだきっと狩納は疲れている。連日睡眠が足りていないのだから、仕方ない。よく見れば完全に覚醒《かくせい》しているかに思えた双眸は不機嫌に据わり、許されるならもう二、三時間は眠りたそうだ。

「ね、寝た方が、いいんじゃないですか狩納さん」

「おう、寝るぜ」

それきっと、意味が違う気がします。

叫ぼうとした綾瀬に、男がぐりぐりと股間《こかん》を押しつけた。無造作だが、性交そのものを思わせる動きだ。すぐに、布越しの刺激に焦《じ》れたのか。仰向けに転がした綾瀬へと馬乗りになり、狩納が下着ごと己の寝間着をずり下げた。

「狩…」

元より狩納は、上半身にはなにも身につけていない。為《な》す術《すべ》もなく見上げた男の体軀《たいく》は、同性であるからこそ憧《あこが》れずにいられないものだ。広い肩幅の先には長く逞しい腕があり、脂肪の弛《ゆる》みを感じさせない腹筋は見事な形に割れている。引っかけられていた寝間着が下げられると、呆気なく腰骨が露出した。平らな腹と、形のよい臍。そしてその下から薄く始まり、股間に濃い影を作る体毛までもが目の前に飛び込んできた。

瞼を閉じたいのに、動けない。

下着の履き口に引っかかり、一度ぐっと跳ねた陰茎から目を逸らすなど無理な話だ。力強く勃《た》ち上がる狩納の性器に、綾瀬は身動きさえできず喉を鳴らした。

「布団からは、お前の匂いがしたのによ」

狩納が眠った寝台を、綾瀬はその少し前まで使っていたのだ。シーツ類を取り替えていなかったから、そこからは綾瀬の匂いがしたのだろう。

「すみません。後ですぐ取り替え…」

「余計に腹が減ったって話だ」

ぞんざいに応えた男が、自分の手で二三度陰茎を扱く。びくついた先端を、覆い被さる姿勢で腿へとこすりつけられた。

「っ…」

「ヤりてえ」

外では小鳥が可憐《かれん》な声を上げ、太陽は真上に昇ろうとしている。脈絡がないほど率直に主張した男が、顔を傾けて首筋に噛みついた。そのままねろりと舐め回され、やわらかなシャツを捲られる。大きな掌が肋骨《ろっこつ》を撫でて、広げられた指がすぐに胸へと届いた。

布団であたためられていた狩納の手は、いつも以上に熱を持っている。そんな指で乳首を探られ、きゅっとつままれると声がもれた。

掠れた綾瀬の悲鳴に、にや、と男の口元が歪められる。親指で乳首を押し潰しながら、狩納が剝き出しになった腿へ睾丸《こうがん》ごと陰茎を押しつけた。

「っ放…、狩納さ、ん、ご飯、を…」

夜だって、狩納はまともに食べているか怪しいのだ。それなのに訴えは当然のように無視され、代わりに乳首へとかぶりつかれた。

「っあ…」

脇腹や腰を撫でまわしていた手が、白い尻肉を摑んでくる。ぎゅっと力を込めて揉まれると、よく知った痺れが脇腹を包んだ。

「ん、あ、…狩…」

ぞわりと甘い、性感だ。

思い返してみれば、狩納が忙しかったここ最近はこうした接触も交わしていない。今日で何日になるか、指折り数えようとは思わなかったが、その間自分で慰める必要も感じていなかった。それなのにこうやって触れられると、途端にぞくぞくと強い刺激が背筋を走る。

裸に剝かれた下腹で、自身の性器が跳ねるのが分かった。まだやわらかな肉を太い陰茎で小突かれ、ああ、と鼻にかかった声が出る。

「尻、こっちに向けろ」

綾瀬の上に覆い被さる男が、うつぶせになれと命じた。まるで四つ足の大きな獣の下で、尻を差し出すような姿勢ではないか。躊躇《ちゅうちょ》すると、腕を摑んで引っ繰り返された。

「自分で、拡げられるか」

シーツに顔を埋めると、荒い息を首筋に吹きかけられる。は、は、と乱れる狩納の息遣いを間近に感じ、爪先がきつく丸まった。腿に陰茎を擦りつけただけで、これほど狩納が息を乱すのは珍しい。

性的な発散に、乏しかったせいか。それに加え、朝の勢いというより疲れすぎによる興奮状態なのかもしれない。状況を分析する冷静さなど綾瀬にもないが、いずれにせよ狩納がいつになく切迫しているのは事実だった。

ぞわぞわと、奇妙な興奮が背中を痺れさせる。枕元からローションのボトルを取り出した狩納の気配に、綾瀬はあ、と呻いて自分の腿へと指を伸ばした。

どこを拡げろと、命じられたのか。

はっきりと言葉にされなくても、それがどこを指すものか、綾瀬はこれまでの経験で嫌と言うほど教えられている。従わなければどうなるかも、だ。分かっていても自分から触れるには勇気が足りず、両手が迷う。

「さっさとケツ摑んで、拡げてみせろ」

ボトルの蓋を外した男が、耳元で叱責《しっせき》した。ああ、と撲たれたような声をもらし、綾瀬は怖ず怖ずと己の尻臀を摑んだ。

シーツに顔を押しつけて、両腕を体の外側から尻へと回す。やわらかな肉に指を食い込ませると、そこが左右に開いた。

「ぁ、狩…」

とろりと、冷たいものが拡げた場所に垂らされる。谷間に添って流れたローションを、太い指が掬い上げた。

睾丸のつけ根から会陰を無造作に撫でた指が、次はどう動くのか。思い描くと苦しいくらい心臓が胸を叩いて、綾瀬は唇を開いた。ぎゅっと爪先に力が籠もり、膕《すね》が緊張する。無骨な指が尻の穴にもぐったその時、綾瀬はぎょっと顎を跳ねさせた。

「あぁっ」

枕元で、なにかがふるえながら唸りを上げる。場にそぐわない音を響かせた携帯端末に、綾瀬が声を上擦らせた。

「狩納、さ…、電話、が」

黙ってろ、と切り捨てられるのか。実際、狩納はそう言おうとしたはずだ。だが表示された名前を確かめ、男が舌打ちをもらした。浅く指を埋めたまま、狩納が枕元から携帯端末を摑む。

「っや、ぁ」

腰を引き体を離そうとした綾瀬を追い、むしろ深く指を入れられた。眠気などすっかりかなぐり捨てたらしい男が、電話口で低く応える。不機嫌さを音にしたような声を、狩納が電話の相手に短く投げた。

分かった、と告げて通話が切られるまで、ぐちゃぐちゃと好きなように搔き回される。長い時間ではない。だがすっかりローションでぬかるんでしまった穴から、にゅる、と指が退いた。

「狩、納さ…」

白い尻に手をかけた男が、絞り出すように息を吐く。ずっと擦りつけられていた陰茎が尻から離れた事実に、綾瀬は驚いて視線を巡らせた。

「出なきゃならねえ。行ってくる」

低く告げられた声は、冷静な響きを取り戻しつつある。だが肩越しに仰ぎ見た男の容貌には、性交そのままの興奮があった。

うっすらと汗ばんだ顳顬《こめかみ》に、行き場のない苛立ちのせいか太い血管が浮いている。なにより膝立ちになった狩納の股間では、先端をぬらす陰茎がいまだ雄々しく勃ち上がっていた。

「行く、って…、狩納さん」

突き出したまま寝返りを打つことも忘れた綾瀬の尻を、男の双眸がじっと見下ろす。だが本当に、急を要する連絡だったのだろう。舌打ちの音を鳴らした狩納が、振り切るように寝台から降りた。

「多分今日も遅くなる。待たずに寝てろ」

シャワーを浴びて出る余裕すら、ないらしい。衣装部屋《ウォークインクローゼット》の扉を開いた男が、着替えを摑む。せめてなにか腹に入れて出かけてほしいと思ったが、それと同じくらい狩納の股座から目を逸らすことができなかった。

「あ…、あの、狩納さん、その…」

手早く身繕《みづくろ》いを整え、狩納が細い声に振り返る。すぐに綾瀬の困惑の意味を悟ったのだろう。ああ、とかうう、とか唸った綾瀬と自分の股間とを、不機嫌な視線が一瞥《いちべつ》した。

「その、まま、っていうの、は……」

このビル全てが狩納の持ち物とはいえ、さすがにまずいのではないか。

しかし自分に、なにができる。できることがあるとしても、実行可能かは疑わしかった。

もごもごと呻いた綾瀬を、刺すような視線が見下ろす。綾瀬が言い淀《よど》んだその先を、思い描いたのだろう。ぎらついた眼の色に、ごく、と細い喉が鳴った。

向き直った男が、己の陰茎を左手で摑む。寝台に戻り、口元にでも押しつけられるのか。身構えた綾瀬の前で、狩納は一つ息を吐くと自らの陰茎を無造作に握った。

「狩…」

そんなふうに摑んだら、きっと痛い。

焦った綾瀬を見下ろす眼は、獰猛《どうもう》なままのそれだ。時計に視線を投げ、狩納が乱暴に着衣を引き上げた。

「下に行くまでには、治まるだろ」

とてもそうとは、思えない。

だがベルトを締めて上着を摑めば、先程までの興奮は辛《かろ》うじて覆い隠されたかに見えた。代わりに男の背後に吹き上がるのは、どうしようもないまでの怒気と不機嫌さだ。

「行ってくる」

いや、イけはしねえか。

舌打ちに混ぜられた罵《のの》りに、応えようなどない。瞬く間に身繕いを終えた狩納が、ネクタイを結びもせず寝室を飛び出す。一人取り残された寝台で、綾瀬はぐったりと体を投げ出した。

13:37 Saturday

唸りを上げる洗濯機《せんたく》を、見下ろす。

詰め込まれているのは、先程寝室から回収したシーツ類だ。狩納は業者に出せと言ってくれるが、これくらいは洗濯機が十分頑張ってくれる。

動き続ける洗濯機を前に、綾瀬は大きく息を吐き出した。

今頃狩納は、どうしているだろうか。大丈夫でしたか、と連絡するのは憚《はばか》られた。きっと忙しくて迷惑だろうし、どう大丈夫なのか、ちょっと言葉に困ってしまう。

だが、本当に大丈夫だろうか。

生々しく反り返っていた、陰茎の問題だけではない。あれは確かに一大事だったが、それ以前に狩納は忙殺されすぎではないのか。もう一度溜め息を絞り、綾瀬は赤味の引かない頬に手を当てた。

狩納が部屋を後にしてから、自分が一人の寝台でなにをどう処理したのか。狩納のように、ああも無造作に自身の性器を握るのは怖い。なにより心臓はどきどきと早鐘を打っていたが、ありがたいことに状況は狩納ほど切迫していなかった。

なるべく狩納の存在を頭から追い払い、呼吸を落ち着ける。掃除の段取りを全力で考えていると、自然と色んなものが治まった。ただローションで汚れてしまったシーツだけは、どうしようもない。下着を身につけないまま浴室に飛び込んで、掃除と並行し洗濯をすることに決めた。

寝室中の汚れ物を掻き集め、今はこうして洗濯機に活躍してもらっているというわけだ。唸りを上げ続ける洗濯機を前に、何度目かの嘆息をもらす。

聞くところによると、狩納は綾瀬と暮らす以前は今以上に仕事漬けで、この部屋にもほとんど帰っていなかったらしい。今だって帰宅は遅く、睡眠時間は綾瀬よりずっと短かった。元より、あまり長い睡眠は必要としないようだが、だからといってきちんと休息を取らなければ、いつかは燃料がつきてしまうだろう。

今日も、遅くなると言っていた。

取り敢えず、お前の匂いがする、と言われたシーツや枕カバーは取り替えた。布団は干せていないが、多少はすっきりしたはずだ。帰宅が何時になろうと、今夜こそは少しでも長く、居心地のよい寝具で休んでほしい。たっぷりと眠れば、気力も体力も充実するはずだ。

「元気が出るものっていったら、狩納さんの場合お肉かな」

朝食も食べずに出て行った男を思い、呟く。

邪魔にならないよう、後で簡単につまめるものを作って届けにいこうか。狩納が事務所にいるとは限らないが、用意さえしておけば食べてもらえるかもしれない。

質のいい睡眠と、健康的な食事。新しい一日を頑張るためには、どちらも必要なものだ。

薄い唇を引き結び、綾瀬は食料庫《パントリー》へと足を向けた。

22:04 Saturday

ヤりてえ。

一体何日、ご無沙汰だと思っていやがる。

喉の奥で唸り、狩納は握り飯に齧りついた。

甘辛《から》く炊いた牛肉で、くるりと包まれたちいさな握り飯だ。米には煎り胡麻《ごま》と刻んだ大葉が混ぜられ、中央には味が染みた鶉卵《うずらたまご》が隠されている。やや甘めに味つけされた肉は、しっとりと脂《あぶら》が乗って美味い。大葉の香りも新鮮で、いくつでも食えてしまいそうだ。

簡素なプラスチックの器に、一口大のそれがいっぱいに詰められていた。肉巻き握りの他にも彩りのよい野菜や肉汁で味つけられた焼き葱《ねぎ》、卵焼き、煮浸しなどが並ぶ器もある。見栄えは今一つだが事務所の外でも食べやすいようにと、重箱ではなく使い捨ての器を選んでくれたらしい。

美味い夜食を腹に詰め込みながら、ここが自宅でないことを恨めしく思う。

何故こんな薄暗い駐車場で、移動の間隙《かんげき》を縫って腹を満たさなければいけないのか。偏《ひとえ》に、面倒な仕事を押しつけられたからに他ならない。

実父と旧知の仲であった鷹嘴《たかのはし》とは、今では狩納自身が仕事上の繋がりを持つ間柄だ。こちらが手を借りることもあれば、当てにされることもある。そんな人物から、都内で飲食店を経営する男の案件に一口乗るよう声がかかった。

男はキャバクラ経営者で、弟をサブマネージャーとして雇っているらしい。望んで店に迎えたというより、前科のある弟の世話を押しつけられ、一応それなりの待遇と肩書きを与えていたようだ。兄である経営者も誠実とは言いがたい男だったが、弟は仕事熱心ですらなかったらしい。派手に遊び回り、いくつもの業者から金を借りていた。欠伸《あくび》が出るほど退屈で、掃いて捨てるほどよくある話だ。

問題の弟は、狩納の事務所の客だったわけではない。鷹嘴から持ちかけられ、狩納がこの男に対する債権《さいけん》を買い取ることになったのだ。勿論、借金を軽くしてやることが目的ではない。

焦げついていた小額の借金を一つにし、まとまった金額を回収しようというわけだ。言うまでもなく、ちいさな借金すらまともに返せない男が大きな金額など清算できるはずがない。目的は借金を作った弟ではなく、その兄だ。

鷹嘴はこの兄と、仕事上で利害が対立する立場にあるらしい。相手が少し図に乗りすぎたようだが、狩納にとってはどうでもいい話だ。

いかに安く債権を買えたところで、容易に回収できないことは目に見えている。それでも引き受けたのは、鷹嘴から提案された取り分の多さに目が眩んだからではない。鷹嘴に恩を売るためだけに頷いたようなものだが、案の定手間のかかる話になった。

少し揺さぶりをかけたところで小心な弟が暴発し、金の無心に走った先の兄と争いになったのだ。

そのまま弟に姿を消されたのが火曜のことで、身柄はいまだ確保されていない。

立ち回り先には鷹嘴の関係者たちが張り込んでいるが、資料を見る限り遠方にも縁者がいそうだ。人捜しは当然鷹嘴たちに任せていたが、身柄の回収後の段取りはこちらでも整えておかなければならない。部下である久芳がいかに役に立つ男だとしても、その全てを一人で賄《まかな》うことはできなかった。

狩納の事務所が抱える案件は、これ一件だけではないのだ。

狩納自身も今夜は返済が遅れている客たちの資料に眼を通しつつ、何人かと会う予定になっていた。いつ鷹嘴から呼び出しがかかるとも知れないため、無理をして事務所に戻ることは諦《あきら》めこんな所で夜食を詰め込んだ。

週明けには弁護士から、担保に取っている土地の妨害排除請求に関する書類が届くことになっていた。事前にもう一度、確認の連絡を入れておくべきか。複数の案件を頭のなかで組み立てながら、ふっくらと焼かれた卵焼きを口に放り込む。人と会うのには飲食店を利用する場合が多く、そこでなにか腹に入れることもできた。だがいくらあたたかいものが食えたとしても、綾瀬が用意してくれた弁当には及ばない。

甘みの強い葱を咀嚼して、眼を通し終えた資料を助手席に放る。腹が満たされると、血が胃に下がるどころか指先にまで熱量が行き渡る心地がした。

エンジンをかけ、ハンドルを握る。

「ヤりてえなァ」

取り出した煙草を唇に挟み、狩納は低く吐き出した。

10:19 Sunday

ヤりてえ。

今すぐヤりてえ。他に考えることなどなにがある。

柄にもなく、狩納は親指の腹で目頭を圧し揉んだ。

短く、窓を叩く音が響く。停めた車の運転席で、狩納は窓を下げた。

「社長」

中年の男が体を屈め、車内を覗き込んでくる。鷹嘴の下で働く、男の一人だ。狩納の父親ほどの歳《とし》だろうが、車内を見下ろす顔には緊張の色があった。なんだ、と視線を返すと、男が更に深く頭を下げる。

「やっぱり飯食って少し休んでけって親父《おやじ》が言ってますが、いかがですか」

この屋敷の主《あるじ》からの伝言に、狩納は首を横に振った。

昨夜のうちに起きたいくつかの進展と、今後の打ち合わせのため鷹嘴の元を訪ねた帰りだ。

結局、昨夜は自宅に帰り着くことはできなかった。ごく短い仮眠を取っただけのせいか、眼球が微かに痛む。尤も、狩納に必要なのは仮眠ではなく綾瀬だ。

ヤりてえ。

日付が変わる頃、問題の弟を発見したとの連絡が入った。余計な手間をかけさせやがって。他にもつい先程弁護士から電話があり、予定より早く書類ができたと知らせてきていた。

「あの阿呆《あほ》をうちの若いのが連れてくるまでに、まだ少し時間がかかります。それまで、狩納社長に少しでもゆっくりしてもらった方がいいんじゃねえかって親父が」

逃げていた男の身柄は、鷹嘴の関係者が確保する手筈《てはず》になっている。責務者である弟は昔の仲間を頼り、雲隠れしていたらしい。連れ帰るまでにはまだ時間が必要だろうが、それをここで待つ道理はなかった。

ヤりてえ。

顔色は変わらなくとも、狩納の眼には睡眠不足の翳《かげ》りが落ちているらしい。正確には、ぎらつくような光か。運転席に座る狩納を窺《うかが》う男は、明らかに腰が引けていた。

「別の用件も入ってるんでな。身柄を押さえたら連絡するよう、伝えておいてくれ」

告げて、窓を上げる。

ヤりてえ。

唸る代わりに、狩納は新しい煙草へ手を伸ばした。

10:21 Sunday

ガステーブルの前に立ち、火加減を調節する。

寸胴鍋《ずんどうなべ》のなかで、ふうふつと煮汁が音を立てていた。煮込まれているのは、大きな牛肉の塊だ。野菜と四角く切ったベーコンを、じっくりと炒《いた》める。その後表面を焼いた肉を入れ、様子を見ながら火にかけていた。

赤ワインにフォン・ド・ヴォを加えて煮込んだそれは、とてもいい色になっている。一晩置いたお蔭で、味も落ち着いているだろう。

そっと鍋を揺らし、綾瀬は携帯端末に目をやった。

結局昨夜、狩納は帰ってこなかった。

心配で連絡を入れてみたくなるが、もしかしたら今頃仮眠を取っているかもしれない。昨夜差し入れた弁当は、幸いなことに食べてもらえたようだ。夜中に、美味かったとメールが届いた。

今夜は帰宅して、食卓につけるだろうか。

差し入れではどうしても、あたたかいものを用意できない。

しっかり休んで、しっかり食べてもらいたかった。もし夕方になっても連絡がなく、戻らないようなら一度こちらから連絡を入れてみようか。

一人きり立つ台所で、綾瀬はゆっくりとしか進まない時計に目を向けた。

12:13 Sunday

扉を開き、狩納が帰ってきたのは十分ほど前のことだ。

お帰りなさい、と最後まで言えたかどうか分からない。気配に気づき、綾瀬は玄関へと出迎えに行こうとした。その体が、台所を出た途端目の前に現れた壁へとぶち当たる。仰ぎ見るほどに大きな、狩納の体だ。

挨拶を交わすどころか、体調がどうか尋ねる間もない。寝室へと至る廊下で唇を塞がれ、綾瀬は声にならない声を上げた。

思えば、久し振りの口づけだ。大きな体が作る影に呑み込まれ、熱い舌で唇を舐められる。あ、と驚いて体を引こうとすると、ぬれた舌が口腔のなかまで追ってきた。

「っ、狩…納さ…」

じんわりと、舐め回される口腔から鳥肌が立つような痺れが広がる。唇から口蓋、舌のつけ根。そしてそれとは全く無関係に思える肩や背中、足の裏までもがぞわぞわとした。

くすぐったいような、むず痒《がゆ》いような痺れだ。だがそれが性感なのだと、綾瀬はもう十分に知っている。

背中へと伸びた大きな手が、ずるりとシャツを捲り上げた。こうなると、逆らうことは難しい。そもそもこんな眼をした狩納を前に、逃げ果《おお》せるとは思えなかった。

喉笛に牙《きば》を突きつけられた、小動物と同じだ。目を硬く瞑る以外、できることはない。引っ張られるまま、両腕からシャツの袖が抜かれた。

「っあ、…狩」

肩が壁にぶつかって、ふらついた足元からも着衣を毟られる。瞬く間に綾瀬を裸に剝いた男が、手を止めないまま上目に見た。

ぎらつく色に、息が止まる。

昨日寝台で目《ま》の当たりにした眼光より、更に悪い。ここは廊下だと訴えようとしたが、むしろ室内であることに感謝すべきなのか。一秒でも惜しいと言わんばかりに、男が綾瀬の喉元にかぶりついてくる。

「あ…」

堪えきれず、ぎゅっと目を瞑った。肩を竦めた綾瀬の顎先に口を寄せ、狩納が舌を伸ばして舐め下ろす。ねろ、と迷わず左胸に動いた舌が、ちいさな乳首を転がした。

「ん、う…」

裸に剝かれた緊張だけで、綾瀬の乳首はわずかに尖ってしまっている。やわらかくした舌で上下に舐められると、それを嫌でも教えられた。引っ掻くように舌先で刺激され、ぬれた乳首をぱくりと口に含まれる。

「…っ、んん」

気がつけば、壁際に追い詰められた体がずるずると沈んでいた。スーツの上着を脱いだだけの狩納も、綾瀬を追いかけて床に膝をつく。壁と狩納の巨軀に囲われると、世界がちいさく押し潰されたかのように思えた。加えて、ここは廊下だ。狩納以外誰の視線も届かないとはいえ、こんな場所で丸裸でいるのは心許ない。恥ずかしいのも勿論だが、あまりにも無防備で非日常的だ。

慣れろ、と言われたところで、なかなかそうはできない。

狩納との生活は、それまで綾瀬が生きてきた世界とはあまりにもかけ離れていた。共に生活を始めた今でさえ、こうした行為には戸惑いが先に立つ。

だが狩納という男に伸しかかられてしまえば、身を硬くする以外なにもできなかった。

「ぁ、っあ、狩…」

ちゅ、と音を立てた男の唇が、乳首を離れる。同じ口が、すぐに今度は鳩尾《みぞおち》を吸った。きつく吸われると、つきんとちいさな痛みが刺さる。時々歯を立てる刺激を交えた口が、もう一度乳首を含んだ。

次にどこを、どんなふうに吸われるのかまるで予測できない。狩納の頭が更に下へと動くと、ぞわりと緊張と期待とに鳥肌が立った。

「ん…」

殊更ゆっくりと、臍の上を舐められる。

くすぐったいだけの刺激のはずなのに、鼻にかかった声がもれた。壁に背中を預け、辛うじて座位を取っていた体が傾く。眼を上げた男が、綾瀬の脇腹をやわらかく囓った。

「一時間しかねえ」

低く、狩納が唸る。

なにが、と尋ねようとして気がついた。一時間しか、在宅できないという意味か。

たとえ一時間でも、横になった方がいいに決まっている。ごそりとなにかを探り出した男が、腕に嵌《は》めた時計に視線を走らせた。

「狩…、少し、寝ない、と…」

「なにか、食べる、か、お風呂に…」

食事や風呂を挙げてはみるが、やはり優先事項は睡眠だろう。

昨夜、仮眠は取れたのか。心配する綾瀬に声も返さず、狩納がちいさな袋を口に咥える。歯で挟み、無造作に裂いたそれは小分けにされたローションだ。

ぎらついた濃紺のパッケージに、息が詰まる。

思わず目を逸らせずにいる綾瀬を見返し、狩納が掌にローションを垂らした。そのまま股の間に手を差し込まれ、あ、とちいさな声がもれる。

「ん、ぁ…」

節くれ立った手が性器に当たり、その更に奥にある穴を探った。床にぺったりと尻をつけられていては、思うように指を動かせなかったのだろう。膝裏を摑み引き上げられると、壁に預けていた体がぐっと沈んだ。

「あっ…」

深く体を折り曲げ、尻を大きく狩納に突き出す姿勢になってしまう。壁や床の固さに、意識を向ける余裕もない。たっぷりとローションを掬った指が、尻穴とその周囲を揉むように動いた。穴だけでなく周りのやわらかな肉を捏ねられると、ぐうっと内臓が迫《せ》り上がる心地がする。無意識に腰を引いて刺激を逃がそうとしたが、追いかける指がつぷんともぐった。

「う…、あ、っあ」

第一関節をくぐらせ、軽く左右に揺すられる。一度抜けた指がローションを絡め、今度はもっと深くまで入ってきた。

「んあ、あ…」

昨日寝台で与えられた性感が、嫌でも蘇る。

真昼の日差しのなか、中途半端に刺激を与えられた。あの時はどうにかやり過ごせたが、それから一度も思い出さなかったと言えば嘘になる。いつにない男の性急さや切迫した息遣いが、ふとした瞬間何度も頭を過《よぎ》った。そのたびに首を横に振って追い払ってきたが、こうして実際指を入れられてしまえばどうにもならない。にゅる、と直腸にローションを塗り広げられると、忘れたはずの興奮が背筋を這《は》い上がってくる。頭上に落ちる、狩納の息遣いもよくなかった。

顔を上げて、確かめる勇気はない。だが自分を凝視してくる男の眼光は、昨日と同じくらい、いやそれ以上に険しいものだろう。

すぐに二本目の指を押し込んだ狩納が、がちゃがちゃとベルトを鳴らした。思わず向けた視線の先に、着衣を押し上げる男の陰茎が映る。

「っ…、ぁ…」

綾瀬を裸に剝いただけで、そんなふうになったのか。乱暴に下ろされたファスナーの下で、狩納の陰茎がしっかりと反り返っているのが分かる。綾瀬の尻穴をいじりながら、狩納が空いた手だけで自らの陰茎を摑み出した。着衣を脱ぐ気はないのだろう。ずらした下着から覗いた陰茎が、ぶるんと揺れた。

「…あ…」

昨日寝台で目の当たりにした逞しい肉が、目の前で勃起している。すっかり勃ち上がったそれは、綾瀬自身の性器とはまるで別物だ。太い血管を浮き立たせた大きな陰茎が、男の手のなかで脈打っていた。

「舐めろ」

短く命じられても、動けない。

握った陰茎を見せつけるように揺すられて、綾瀬はようやくなにを要求されたのかを理解した。

咄嗟に引けそうになった腰を、尻に突き入れられた指で叱咤される。ぐち、と手首を返して掻き混ぜられ、辛うじて壁に預けていた体が崩れた。

「ぁ…、う」

大きな手で頭を引き寄せられ、狩納の腿の間へと導かれる。

髪を摑むような、乱暴な動きではない。後頭部に手を差し入れられ、掬うように促された。

胎児のように体を折った綾瀬の尻を、狩納が手のなかに収める。尻の穴に埋めたままの指をそっと折り曲げ、舐めろ、と男がもう一度強請った。

「狩…」

入り込んだ指を左右に開かれると、圧迫感にびくびくと体が竦んでしまう。

狩納の匂いが、近い。

男の膝先で体を丸めているせいで、硬い腿が顔にこすれた。寝台以外でこれほど近く、狩納の匂いを吸い込むなど久し振りのことだ。意識すると、ぎゅっと左の胸が痛くなる。それが緊張のためか、それ以外のなにかなのかは分からない。急《せ》くような手で後ろ髪を掻き回され、綾瀬は白い喉を鳴らした。

これ以上もたもたと尻込みすれば、狩納の機嫌は決定的に悪くなる。

昨日、あんな状態でも仕事に出て行った男だ。ごく、と華奢な喉を何度も鳴らし、綾瀬は意を決して顎を上げた。

「ん、ぁ…」

突き刺さる狩納の視線を感じながら、唇を開いて先端に触れる。

舌を出したり、すぐに口に含む勇気はない。口づけるように、唇の表面ともう少し奥にあるしめった部分をそっと被せた。

狩納の匂いが近くなって、びく、と鼻先で肉がふるえる。反射的に顎を引いてしまいそうになったが、後頭部を包む手がそれを許さなかった。

「時間がねえから、しっかりぬらしておけ」

低く教える狩納の声は、喉に絡んでわずかに掠れている。

性交の最中を思わせる響きに、指でいじられる尻がもぞついた。三本目の指の腹が、きゅっと締まった尻穴へ擦りつけられる。

「んぁ、ふ…、っぐ…」

尻への刺激に気を取られたその時、ゆるんだ唇に陰茎の先端をこじ入れられた。

張り詰めた先端は、えぐみのある腺液《せんえき》でぬれている。しっかりと剝けた亀頭を傷つけないよう、思わず大きく口を開いた。無意識に息を止めてしまうので、どうしても喉の奥が狭くなる。そうでなくても、この体格差だ。狩納の陰茎を含むには、綾瀬の唇も口腔も十分に広いとは言いがたい。

それでも舌が肉に押されると、息苦しさから鼻で息をするしかなかった。狩納の匂いが鼻腔と口腔、そして肺をも満たす。

「ぅ、く、っふ…、ふ」

懸命に動かそうとする舌に、先端からその下の段差までが生々しくこすれた。苦しくて喘ぐが、それにだけ意識を集中させることはできない。尻穴の敏感な場所を甘やかすように捏ねられ、ぞくぞくと肩が揺れた。

「…ふ、ん、んあ、…あ…」

どうにか頭を上下させて、舌と口腔で狩納の肉に刺激を与えようとする。引きつる喉の奥の動きが気持ちいいのか、懸命に含むと頭上から深い息が落ちた。頬張る性器がむくりと膨れ、弱い口蓋を小突かれる。

「んう…、う…」

苦しくて、もう自分の意志で舌を動かすことができない。唇を窄《すぼ》めようにも、満足に息が吸えないのだ。飲み込めない唾液がだらだらと口の端を伝って、綾瀬は何度も呻いた。

「ぐ、ぅう…、あ」

休もうとする舌を咎めるように、尻に入り込んだ指がくねる。

ふっくらと腫れた器官を捉《とら》えられ、うぐ、と喉の奥で声がもれた。

駄目だと叫びたくても、脈動する陰茎に悲鳴が押し潰される。それまでは、意図的に強い刺激を避けてきたのか。広げるための動きを繰り返してきた指が、不意にぐりりとちいさな器官を掻き上げた。

「あぁっ、う…、ぐ…」

ごつごつとした指が、敏感な痼《しこ》りを押し潰す。二本の指で左右から狭まれ、上下に揺すられると鳥肌が立った。そうかと思えば三本目の指にやわらかく転がされ、鋭いような快感が体のあちこちで弾ける。

性器をいじられる、射精に直結する刺激とは少し違う。どろりと腹の底が重くなって、指の先までがふるえるように痺れた。性器の先端が絶えずひくつくが、簡単には射精に至れない。腿をこすり合わせて刺激を逃したいのに、ぐちゃぐちゃと音を立てて同じ場所を掻き回された。

「ひあ、あ…」

苦しみ、締まろうとする咽頭の動きを味わうよう、狩納が腰を揺する。ちいさな揺れだとしても、恐ろしい。狭くなった喉をむっちりとした肉で押し開かれ、詰まった声が出る。苦しさに硬い腿を叩くと、口を塞いでいたものがずるりと退いた。

「が、っ、あ、っは…」

唐突に膨らんだ肺が、苦しさに強張る。息を吸おうにも唾液に噎せて、綾瀬は華奢な体を軋ませた。

「上手くぬらせたな」

疲れきった顎から、まだたらたらと唾液が垂れている。熱の塊が眼前に迫り、ぐり、と頬に擦りつけられた。

たった今まで口で含んでいた、陰茎だ。唾液と腺液とにてらつく肉は、火傷《やけど》しそうに熱い。勃起した肉の形を教えるように押しつけられ、どろりと背骨が溶け落ちる心地がした。

「あ…」

「入れるぞ」

それは、了解を求めるためのものではない。

綾瀬の睫までを汚した男が、尻に埋めていた指を引き抜く。尻を突き出す形でうつぶせにされても、這って逃れることはできなかった。唾液で汚れた口と同じくらい、ローションを塗られた尻はぬれてしまっている。十分に広げられたそこに、身構える間もなく弾力のある肉が当たった。

「っん…」

にゅるりと、穴の表面を陰茎でこすられる。陰茎の丈の長さをありありと感じ、壊れそうに胸が喘いだ。

「ひぁ、あ……」

この前こうして繋がったのは、いつだったのか。

正確に思い出すことはできなかったが、日を置いての性交はどうしても苦しい。それなのにしっかりと腰を摑まれ引き寄せられると、ぬれた穴が陰茎の形に拡がった。

「ぁあっ、は、ぁ…」

時間をかけて、埋められる。

最初から、手荒く突き上げられたりはしない。ゆっくりと、しかし確実に進まれ、具合を確かめるように退かれる。慎重に繰り返され、深くもぐった亀頭が敏感な場所を押し潰した。

「…っ、ひ」

指でいじられていたちいさな器官を、今度はみっちりと太い肉で圧迫される。散々揉まれていたそこは、もう溶け落ちそうなほど気持ちよさを蓄えていた。ぐり、と真上から捏ねられ、爪先までもが甘く痺れる。

「あ、っ、ぁ…狩、納さ…」

急くことなく進んだ肉がずる、と抜け出た。雁首で前立腺を掻き上げられ、目の前で光が爆ぜる。

「ひ…っ…」

悶えれば、下腹で揺れた性器を大きな手で摑まれた。やめて、と首を横に振ったが、躊躇なく扱かれる。

剝き出しにされた先端は、刺激に脆い。自分で触る時には敏感すぎて、積極的にはいじれない場所だ。だが迷いのない指で先端を転がされ、びく、と爪先までもが緊張した。張り詰めた裏筋をこすられると、あっという間に射精感が込み上げる。

「あぁ、や、あ」

ぐりぐりと前立腺を圧迫される、その感覚だけで息ができない。加えて性器をいじられれば、我慢などしようがなかった。

声を上げ、男の手に精液をこぼす。びくつきながら射精した綾瀬に、狩納が短く息を詰めた。強く締めつける動きが、男に痛みを与えたのかもしれない。そうだとしても、どうしようもなかった。唸るように、狩納が息をもらす。ぽつ、と裸に剝かれた背中に、なにかが落ちた。汗だ。そんなことが、本当に知覚できたかは自信がない。だがそう思った次の瞬間、ごつ、と鈍い音が響くほどに強く突き上げられていた。

「え…、っあ…っ、あァっ」

丈の半《なか》ばほどを残していたのだろう陰茎が、深く入り込む。尻が持ち上がるほどの衝撃に、精液をこぼす綾瀬の性器がぺちんとぬれた音を立てた。

「ひァ、…あっ、あ、待…」

これ以上ないと思えるほど深く、太い肉が入り込む。苦しいのに、目の前が白く濁るほど気持ちがいい。爪先を悶えさせると、間を置かず、ごつ、ともう一度突き上げられた。

狩納の腺液の味が残る舌の先までもが、じんじんと甘く疼く。そのどの感覚に浸る間もなく、入れられたのと同じだけぬぶりと引き抜かれた。

射精の余韻が残るどころか、射精している最中も同然の体だ。深い部分を小突かれながら前立腺を圧されると、爪先が悶える。射精したばかりの性器だけでなく、搔き回される腹のなかまでがどろりととろけて崩れ落ちてしまいそうだ。

気持ちがよくて、同じだけ苦しい。

ただでさえ大柄な狩納に揺すり上げられれば、華奢な体は踏みとどまっていられない。尻を突き出す形でうつぶせた背中が、腰を叩きつけられるたびに軋む。前のめりにずり上がってしまう体を、腹側から肩へと回った腕で強引に引き戻された。

「狩…、あ、ぁ」

苦しい、と、訴えようとした綾瀬の耳殻《じかく》に、しめった息が落ちる。

火のように熱い息遣いが、ねろりと耳の裏側を舐めた。

「綾瀬」

一秒を惜しむように、強い力で押し入られる。

何一つ隠し立てようのない響きに、ぎゅっと陰茎を呑んだ穴が締まった。耳裏に、首筋に、吹きつけられる息は荒い。吐き散らされるそれに、低い呻きが混じった。

「綾瀬」

興奮を制御し、引き伸ばして楽しむ余裕など狩納にもないのだ。

がじ、と薄い耳殻に齧りつかれると、痛いはずなのにもう一度射精してしまいそうな性感が込み上げる。ぐにゃりと背骨がとろける気持ちよさに、綾瀬は腰をくねらせた。

「…あ、あ…」

いつの間にか壁際にまで追い詰められた体を、大柄な男が揺すり上げる。

繋がった場所以外、狩納は着衣を乱してさえいない。だがぎらつく眼光は、獣と同じだ。服を身につけていようといまいと、取り繕いようがない。手首に巻かれた時計の文字盤が、鈍い光を弾いた。

13:48 Sunday

帝都《ていと》金融に、土日はない。

正確にはあるにはあるが、それが休日である保証はどこにもなかった。だから日曜日である今日も、久芳誉《ほまれ》はこうしてスーツに袖を通している。

「お待たせしちまって申し訳ありません。こいつが荷物です」

黒い帽子に手をやった男が、浅く頭を下げた。険しい目つきをした、一見してそれと分かる男だ。男が示したその先に、スエット姿の若い男が立っている。

近所に出かけようとしたところを、押さえられたのか。やはり目つきの悪い男が二人、確保された債務者の左右を固めていた。しかしスエット姿の責務者は、手も足も拘束はされていない。不用心だな、と久芳は内心舌打ちをもらした。

「お疲れ様でした。社長ももうすぐ参りますので」

事務所の入り口で出迎え、久芳が廊下の様子に目を配る。

債務者の男は不本意そうに唇を歪め、視線を伏せていた。がっちりとした小柄な男で、世辞にも理知的な面構えとは言いがたい。腕力にはそれなりに自信があるのだろう。身柄を押さえる際には喚《わめ》いて抵抗したと聞いていたが、今は無駄口も叩かず大人しくしている。この事務所へ運ばれてくる間に、事態の深刻さを悟ったのだろうか。

「失礼します。こいつが奴の持ち物の…」

鷹嘴の部下の一人が、手にしていた包みを差し出す。その瞬間、それまで黙っていた債務者が、突然隣の男を蹴りつけた。

「テメ…！」

ぎょっとした男たちが、怒鳴り声を上げて摑みかかる。だがそれより、久芳が踏み出す方が早かった。男たちを突き飛ばす勢いで、債務者の襟首に手を伸ばす。

事務所に入れられたら、終わりだ。

債務者は、本能的にそれを悟ったのだろう。死に物狂いで踵を返し、男が非常階段を探して走り出す。

「待てッ！」

男たちの口から怒号が飛ぶが、立ち止まるわけもない。ふざけるな。怒りに任せて突き出した久芳の腕が、債務者のシャツを掠める。布地を握り締めたと思った瞬間、視界が翳った。

「ッあ！」

影に呑まれたかに見えたのは、錯覚だ。

扉が開いたエレベーターから、誰かが降りてくる。視線を向けようとしたその時、どかっと鈍い音が響いた。

「ゲェ…っ！」

潰された蛙《かえる》のような声を上げ、債務者が吹き飛ぶ。すぐ脇の壁に勢いよくぶち当たった体が、嫌な音を立てて床に転がった。

「社長…！」

追いついた男たちが、安堵《あんど》と驚き、そして畏怖《いふ》の声を上げる。全ての目が、エレベーターの前に立つ長躯を仰ぎ見ていた。

長身の久芳でさえ、顎を持ち上げなければ視線を合わせることができないほど大柄な男だ。この事務所の経営者である狩納が、足元に落ちた債務者を一瞥した。

「こいつか」

息一つ乱すことなく、狩納が呻く男を足で転がす。

この足が、債務者の腿をぶち抜いたのだ。腹を狙わなかったのは、致命傷を避けるためか。尤も狙うもなにも、エレベーターの扉が開いた途端の出来事だ。瞬きにも満たない瞬間的な判断で、狩納は債務者を蹴り払った。

たとえ命に別状がなくとも、蹴られた男が無事だとは思えない。いまだ声も上げられず悶絶《もんぜつ》する債務者を、狩納が顎で示した。

「なんでこいつが、こんな所にいやがんだ」

煙草を取り出した男が、久芳を、そして鷹嘴の部下たちを一瞥する。ひ、と声にならない声が、部下たちの口からこぼれた。

「申し訳ありません。すぐ事務所へ運びます」

動けない鷹嘴の部下たちに代わり、久芳が債務者を引き起こす。

最高に、機嫌が悪い。

狩納の声に宿る気配に、ぞっと全身の毛が逆立った。

確かにここまできて債務者に逃げられては、冗談にならない。乱暴に摑んだ債務者の体が、がたがたとふるえる。痛みと恐怖に歪むその容貌は、先程までとはまるで別人だ。

恐怖するのも、無理はない。日頃狩納の元で働いている久芳にとってさえ、この瞬間男が纏《まと》う怒気には胃の腑《ふ》が冷えた。茫然《ぼうぜん》と立ちつくしていた鷹嘴の部下たちが、我に返って債務者を引っ立てる。

「かかかか返します…！　金は、返しますから…ッ」

自分がどんな状況に置かれたのか、債務者はようやく本当の意味で理解したのだろう。

金切り声を上げる男に、狩納が顎をしゃくる。

狩納は、温厚さとは対極にある男だ。平素からそうだが、それでも今日の気配は群を抜いている。

今週も先週と同様に、忙しかった。昨夜も満足に、狩納が眠れたとは思えない。誰でもそうなれば気が立つものだが、目の前の男がそれだけの理由でここまで機嫌を降下させるとは思えなかった。この責務者の案件にしても、同じだ。面倒ではあるが、こんなことはありふれている。ではどんな欲求不満が、これほどまで狩納を怒らせるのか。

欲求、不満。頭に浮かんだ可能性に、久芳は思わず足を止めていた。

「おい」

鷹嘴たちの部下に続き、狩納が事務所の扉をくぐる。債務者を引き摺《ず》る男たちを社長室へと促し、狩納がライターを手にした。

「打ち合わせの通りだ。あいつを取り込んで、店の経営から兄を締め出す」

債務者である男は、兄の店の経営に携《たずさ》わってはいない。だが利益ごと兄の店を手にできる手段があると囁《ささや》けば、欲深い男はすぐに食いつくだろう。そうでなくとも、もう狩納に逆らおうなどとは考えないはずだ。

「余計な時間をかける気はねえ」

低く告げた狩納が、腕の時計に眼を落とす。

わずかにゆるんだネクタイが目に留まり、ぐっと怒りに近い感情が込み上げた。

先程狩納は、上階からエレベーターで降りてきた。出先から帰社したのではなく、一度自宅に戻っていたのだ。しかしほんの何時間か前、債務者を乗せた車が高速を走っていた頃、久芳は外出中の狩納と電話で連絡を取っていた。

あれから用件を終えて移動し、狩納が自宅に立ち寄ったとしても滞在できたのはせいぜい三十分かよくて一時間だろう。

そんな時間で、なにができる。

なにって、いやそれは色々できるだろう。しかし、それではあまりに慌ただしい。

中途半端に囓れば、余計腹が空きそうだ。なによりこうして殺気立つ狩納の眼光は、一口だけでもご馳走にありつけたようには見えなかった。

もしかしたら綾瀬と、喧嘩《けんか》でもしたのか。

昨日昼に連絡を取った時も、狩納は今ほどではないにせよ不機嫌だった。

いずれの可能性も、十分にある。ありはするが、事実が一つだけであることも、久芳にはなんとなく理解できた。

欲求不満。

瞬時にして駆け巡った想像を、久芳は一つ瞬きをすることで押し殺した。

なんであれ、今は目の前の案件に集中しなければならない。狩納の不機嫌さがなにによるものだろうと、それが悪化すれば綾瀬にも累《るい》が及ぶ。それだけは、避けなければいけなかった。

「さっさと片をつけるぞ」

煙草を咥えた狩納の口元は、わずかに歪んでいなかったか。引き上げられた唇の意味を、知りたいとも思わない。

整えた資料を手に、久芳は社長室への扉をくぐった。

17:16 Sunday

ヤりてえ。

ざっと五時間ばかり前に多少囓りはしたが、そんなものはあくまで五時間前の話だ。

ヤりてえ。

無意識に伸ばした指で、ネクタイの結び目をゆるめる。乱暴に首から引き毟りながら、狩納は自宅マンションの扉を開いた。

ヤりてえ。

五時間前に帰宅した時は、そのことしか考えられなかった。台所に綾瀬がいると、確信があったわけではない。だが扉を開き、真っ直ぐにそこへ向かった。自分の帰宅に気づき、廊下へ出てきた綾瀬と鉢合わせたのは偶然だ。欲望に研《と》ぎ澄まされた自分の嗅覚が、綾瀬の居場所を嗅ぎ当てたのかもしれない。

ともかく綾瀬を捕まえ、五時間前の自分は目的を果たした。

いや、果たすというには慌ただしい、短く忙《せわ》しない交接だ。満足したとは到底言えず、必要最小限の欲求を満たしたにすぎない。だが二時間仮眠を取るより、余程有意義であったのは確かだ。

右手に提《さ》げた包みを確かめ、再び台所に足を向けようとする。だが、と狩納は歩みを止めた。だが自分にとっては小腹を満たすにも至らない性交だったが、綾瀬は今頃ぐったりと疲れているかもしれない。そうだとすれば、台所ではなく寝室で休んでいるだろうか。今はまだ夕方だが、その可能性は十分にある。

思い直し、狩納は寝室へと足を向けた。五時間前にマンションを出た際には、廊下には綾瀬から剝《は》いだ衣類が散乱していた。それらはすでに回収され、なんの痕跡《こんせき》もない。床をぬらしていた汗や、それ以外の体液による汚れも見当たらなかった。

全て、綾瀬が掃除をしたのだろう。罪悪感とも呼べない感情がちらりと覗き、狩納は右手の包みに眼をやった。

事務所から直接自宅へは上がらず、買い求めてきたワインだ。

綾瀬が以前美味《おい》しいと喜んでいた一本を、とにかく摑んで取って返した。理由は勿論、控え目な性格ながら頑固でもある誰かを懐柔《かいじゅう》するためだ。

ヤりてえ。

欲求はこの瞬間も腹にあったが、情けなくも賄賂《わいろ》を購入してこられる程度に、今の狩納には余裕があった。幸い、今夜はこれ以上呼び出される心配はなさそうだ。もしかしたら電話が入るかもしれないが、事務所には久芳を残してある。余程のことがない限り、十分対応できるだろう。

債務者である弟は、あっさりと狩納たちの提案に飛びついた。稼ぎがあるくせに、弟の借金を肩代わりしてくれない薄情な兄など追い出し、お前が店を仕切ればいい。そうすれば借金も返済でき、兄のようにいい生活ができる。

およそ実現可能とは思えない甘言だったが、債務者は首を縦に振った。欲に、目が眩んだのだ。

自分以外の者は裏切られても、欲深い人間は自分自身の欲求だけは無視できない。

債務者に兄を羨む気持ちがある限り、今回の件はそれなりに上手く進むだろう。まだしばらくは手を焼かされそうだが、鷹嘴が持ち込む用件が面倒でなかった験《ため》しはない。

ヤりてえ。

取り敢えず、目下の最優先事項はそれだけだ。いや今に限らず、それは狩納にとって常に重要な問題だった。

「綾瀬?」

寝室を覗き、唸る。

日暮れを待つ寝室に、人の気配はない。寝台に横たわっている様子もなければ、小書斎《マルチルーム》にも人影は見当たらなかった。台所か、居間。あるいは風呂の掃除でもしているのか。訝りながら、狩納が踵を返す。

自分の承諾なしに、綾瀬が外出するとは思えない。楽観的ともいえる自分の想像に、狩納は思わず眉をひそめた。

確証は、あるのか。

弟が実兄を裏切るなど容易だと、それをよく知る自分が、綾瀬の誠実さには疑いを抱いていない。いや、疑いたくないだけか。

もれそうな舌打ちを嚙んで、狩納は居間へと足を向けた。

テレビの音は、聞こえない。念のためにとソファを覗いてみるが、案の定求める人影は見つからなかった。では、どこにいる。今度こそはっきりと、舌打ちがもれた。

もしや本当に、一人で出かけたのか。あるいはまさか、誰かに連れ出されたのか。台所を確認しようとして、狩納はその足を止めた。

先程覗いた居間に、なにかが落ちてはいなかったか。人影ではない。それは確かだったが、可能性を否定することができず狩納は居間へと取って返した。

「綾瀬」

広く取られた窓から、傾き始めた日差しが注いでいる。陽光であたためられた床に、布団が投げ出されていた。

普段寝室で使っている、羽毛《うもう》布団だ。何故こんなものがここにある。たたまれもせずこんもりと床に落ちる布団には、人がひそめそうな余地はない。だが諦めきれず、狩納は布団を摑んだ。力任せに捲ろうとして、ぎくりとする。

「てめ…」

琥珀色の髪が、布団の隙間《すきま》からこぼれた。

本当に、こんな所で寝ていやがったのか。

安堵と同時に湧き上がるのは、理不尽な怒りだ。唸り、軽い布団を剝ぐ。だが乱暴に扱ったにも拘わらず、綾瀬はちいさく身動いだだけだ。

綾瀬、と怒鳴ろうとして、それを声にするまでもないことに気づく。

ヤりてえ。

狩納にとって、それは何物にも勝《まさ》る欲求だ。

ふかふかとあたたかい布団に埋もれ、綾瀬が安眠を貪《むさぼ》っているからといって掻き消えたりしない。そのはずなのに、ころりと丸まって眠るちいさな体を目の当たりにすると何故かどっと全身が重くなった。

怒りと安堵は、表裏一体だ。怒りと不安もまた然《しか》りだろう。

綾瀬の不在に不安を募《つの》らせ、その姿に安堵し、反動で怒る。実に分かりやすい胸の内と、無心に眠る綾瀬とに、狩納はどかりと床に座り込んだ。

「栗鼠《りす》じゃねえんだからよ」

干した布団を取り込もうとして、そのまま寝てしまったのか。

くしゃりと丸まった布団のなかで更に丸くなっている綾瀬は、落ち葉に埋もれる動物のようだ。無防備に眠っていたら、簡単に捕食されてしまうだろうが。狩納自身、この瞬間も腹を満たす方法を思案している一人だ。

取り敢えず握ったままだった酒瓶《さかびん》を手放して、自身もごろりと床に転がる。横になって綾瀬を覗き込むと、日差しに透ける琥珀色の睫が間近に見えた。

ヤりてえ。

つきない欲求のまま、持ち上げた指でそっとやわらかな頬を撫でてみる。起きる、だろうか。微かな期待があったが、綾瀬はすうすうと気持ちよさそうな寝息を立てたままだ。

ヤりてえ。

変わらず胸を叩く衝動ごと、折りたたんだ右腕に頭を乗せる。思えば、二十八時間ほど起きていたはずだ。珍しいことではなかったが、こうして横になると瞼が重くなってくる。

横になるからではなく、こいつが隣にいるからか。

柄にもないと呻いた狩納の間近で、もぞ、と布団が動いた。

「綾…」

起きたのか。そう思ったが、どうやら違うらしい。ぼんやりと瞬きをした綾瀬が、手探りで布団を引き上げていた。

先程狩納に捲られたせいで、空気が入り寒かったらしい。もそもそと動きはするが、しかし覚醒にはほど遠いのだろう。効率の悪い綾瀬に代わり、寝床を整えてやろうとした男の肩へあたたかなものが重なった。

ちいさな手が、隣に横たわる狩納へ布団を被せかけてくれたのだ。満足に開かない瞼のまま、綾瀬が目の前の大男にふかふかの布団をかける。

苦労しつつも狩納の巨軀を覆い、自分自身の仕事に納得したのか。ぽんぽんと布団を叩いた綾瀬が、巣穴へと戻る動物のように再び丸くなった。

一枚の布団の下で、ちいさな体が寄り添ってくる。

「……くそ」

ヤりてえ。

その衝動を捨てきれないのが、男というものだ。腕を伸ばさずになど、いられない。

舌打ちしつつ、あたたかな布団のなかで小柄な体を抱き寄せた。しっかりと日差しを浴びた布団は心地好く、日向《ひなた》の匂いがする。深く腕に抱き、鼻先を埋めた綾瀬の旋毛《つむじ》からも同じ匂いがした。

ヤりてえ。

日々を進む原動力を胸に抱いて、狩納は久方振りの寝息をもらした。

07:37 Monday

ヤりてえ。

二杯目の白米を腹に収めながら、唐突にそう思った。

綾瀬の顔を見れば大抵そう思うのだから、唐突でもないか。

今日も眩《まぶ》しいほどの日差しが、食堂《ダイニング》に差し込んでいる。二杯目の白米に続いて、綾瀬があたたかな味噌汁を運んできた。白い肌が、朝の陽光のなかではよりいっそう際立って映る。うっすらと残る疲労の翳りが、そう見せるのかもしれない。寝ていろ、と言ったのだが、綾瀬は自分と共に起き出し、朝食の用意をしてくれた。

廊下や居間を横切るのには、若干の躊躇を覚えたらしい。ベランダに面した窓辺の床で、昨日自分たちがなにをしたのか。

干されてふかふかになった羽毛布団のなかで、抱き合って眠った。それだけなら問題ないが、綾瀬が視線を泳がせたのはその後の出来事のせいだろう。

数日分を、まとめて食った。

まとめて食いはしたが、しかし廊下でそうしたようにがっつきはしていない。賄賂をちらつかせるまでもなく、綾瀬は廊下での行いを責めなかった。ただ自分を心配してくれた少年を、狩納は満足するまで腹に収めたのだ。

どんなふうに平らげられたか、居間に立つと思い出してしまうらしい。今更といえばあまりに今更だが、綾瀬はいまだに初々しく顔を赤くした。

面倒だと舌打ちするのは簡単だが、相手が綾瀬だと思うと悪くない。いや、むしろ好ましかった。なんといっても今朝の俺は寛大なのだと、狩納はそう自負している。

「お前も食えよ」

俺の世話ばかり焼いてないで、ゆっくり座って飯を食え。促すと、綾瀬がはい、と応えて向かいの席に落ち着いた。

食卓には、朝からいくつもの皿が並んでいる。

ふっくらと焼かれた卵焼きに包まれているのは、鶏《とり》のそぼろだ。先日弁当に詰められていたものも美味かったが、作りたてのそれは更に美味だ。きれいに焼き色がついた鱈《たら》の切り身と、出汁《だし》の利いた野菜の煮浸し。瑞々しいサラダに加え、バルサミコ酢で煮込まれた手羽など、彩りもよく用意されている。肉巻き握りを囓った時もそう思ったが、いくらでも腹に収まってしまいそうだ。快活に箸を動かす狩納に、綾瀬が嬉しそうに笑みを浮かべた。

「まだありますから、たくさん食べて下さいね。朝ご飯をちゃんと食べると、元気が出るって言うじゃないですか」

日差しを浴びて、琥珀色の瞳が輝く。うっかり舌を伸ばして、舐めてみたくなるような色だ。甘い物を好まない自分でさえ、そう思う。

「昨日の肉」

「赤ワイン煮込みですか？」

「おう。この朝飯も美味ぇが、あれも美味かったな」

昨夜の食事は、夕食と呼ぶには少し遅く、夜食と呼ぶには豪華なものだった。

綾瀬が用意してくれていたのは、牛肉の煮込み料理だ。予定では白い器に盛りつけ、丁寧に裏漉《うらご》しした芋を品よく添えるつもりだったのだろう。だが昨夜はふらつく綾瀬に鍋を任せ、狩納が適当に器を用意しバケットを切った。あたためた肉とじゃが芋のピューレ、バケットを居間のテーブルに並べる。残っていたチーズも引っ張り出し、綾瀬にはナイフとフォークではなくスプーンを用意した。

言うまでもなく、本来なら食卓で食べるべきものだ。だが行儀悪くソファに座り、疲労困憊《こんぱい》の綾瀬を抱えながらの食事は最高に美味かった。一口食べるごとに、体に熱量が行き渡るのがよく分かる。

この朝食も、同じだ。

「また、作ります…！」

美味いと、褒められたことが嬉しかったのか。

一瞬驚いたように目を見開いた綾瀬が、陽光よりも明るく笑った。微かに頬を染めたその笑みがなにより美味そうで、腹が減るまま狩納が腰を浮かせる。広い食卓を覆うように身を乗り出し、向かいに座る少年の唇を口で覆った。

「…っ」

びっくりしたように、至近距離で長い睫が上下する。

大粒の目を瞠った綾瀬が、声も上げられず男を見返した。

「よろしく頼むぜ」

願わくば、次回はあまり待たせることなく帰宅したい。そのためには今週も、全力で仕事を片づける必要があった。

鷹嘴が持ち込んだ案件には、もうしばらく煩わされるだろう。それ以外にも、取り組むべき用件は多い。事務所では昨日までと同様の忙しさが待ち構えているだろうが、そんなものはなんでもなかった。綾瀬が言う通り、美味い飯を食って気持ちのよい寝床で眠れば、体力などいくらでも回復する。そしてそのどれよりも、綾瀬自身が狩納の腹を満たしてくれた。

顔を傾け、やわらかな唇をもう一口食う。ぺろりと舐めた唇は、自分と同じ飯を食っていたはずなのにどこか甘い。

ヤりてえ。

体の一部としか言いようのない衝動に、キスという餌を与える。

足りないといえば足りないが、きっと満腹になることはないのだろう。にやりと笑い、狩納は一日の予定を思い描いた。

電気羊と夢の国

目の前の男を、まじまじと見た。

「…狩納、さん…?」

懐疑的な声になるのは、致し方ない。

細い顎を持ち上げ、綾瀬雪弥は琥珀色の目を瞬かせた。長い睫が上下すると、なめらかな頬の上で淡い影が踊る。まるであたたかな日向に遊ぶ、小鳥の羽根のようだ。ぱちぱちと目を瞬かせながら、綾瀬は華奢な首を傾げた。

こぼれそうに見開かれた瞳のせいで、あどけない容貌がいつも以上に幼く映る。

大学生に見えるかと問われれば、頷きがたい。それだけでなく、一目では性別を判じることさえ容易ではなかった。ほっそりとした綾瀬の首筋には、男とも女とも断言しがたい危うさがある。色素の薄い肌はどこまでも清潔で、男性的な攻撃性とは無縁だ。同様に、真っ直ぐに伸びた手足に女性的な肉の厚みを見つけることもできなかった。

小柄な体で立ちつくし、綾瀬がぽかんと口を開く。大きく顎を引き上げているせいで、首が痛い。そうは思っても、身動ぎ一つできなかった。

「どうした」

聞き慣れた声に、安堵と疑念とが等分に増す。綾瀬の困惑を読み取ったのか、大きな手が冷蔵庫へと伸びた。

「お前も飲みたかったか？」

尋ねた男は、半裸だった。

風呂から上がったばかりなのだろう。水気を払っただけの髪は重く湿《しめ》り、剝き出しの肌はうっすらとぬれていた。それにも拘わらず、男はタオル一枚手にしていない。辛うじて寝間着の下だけを引っかけ、男は冷蔵庫の前に立っていた。

ちゃんとドライヤーを使わないと、風邪を引きますよ。そう言ってやらなければいけないのに、声が出ない。

目の前の裸体から、目を離せなかった。

装飾的に磨かれ、見せるために作られた肉体とは違う。必要に応じて発達し、鍛えられたと分かるものだ。この体を、綾瀬はよく知っていた。

いや、知っているはずだった。だが、なにかが違う。

言いようのない違和感に、綾瀬は長い睫を揺らした。

「狩納さん…？」

もう一度声を絞り出した綾瀬に、男が片方の眉を引き上げる。その下で瞬く双眸が、冴え冴えとした光を弾いた。荒々しいまでに力強く、そして同じだけの冷徹さを宿した眼だ。

時間と経験に研ぎ澄まされた、厚みとでも言うのだろうか。自分が読み取った違和感の正体に、綾瀬は改めて目を瞠った。

精悍な容貌は、確かに狩納北のものだ。

蒸《む》し暑い夏の夜に出会って以来、生活を共にしている男に相違ない。確信すると同時に、綾瀬はふるえ上がった。

「狩…」

狩納という男は、何歳《いくつ》であったのか。

それは全く、奇異《きい》な疑問だ。だがそれこそが、問題だった。

五歳。いや、十歳。

惜しげもなく裸の体を晒す男は、自分が知る狩納よりもそれほど年長に見えた。

「ビールはやめておけ」

愕然《がくぜん》とする綾瀬に、男が冷蔵庫から牛乳が入った瓶を取り出す。

落ち着いた声が、ぞわりとした官能を纏って耳に届いた。

声の響きも眼差しも、鋭さが際立つ二十代の青年のものとは違う。老け込んでいる、という意味ではない。むしろ容貌にも体軀にも、大きな変化はなかった。引き締まった体には弛《たる》み一つなく、若々しく張り詰めている。それでも目を凝《こ》らせば、眦の角度や頰の影に、以前とは異なる鋭利さを見て取ることができた。それが男の容貌に、見慣れない深みを加えている。

地に足が着いた、大人の男の魅力とでも呼ぶべきか。魅力、などという言葉を思い浮かべた自分自身に、綾瀬はぎくりとした。

「おい。大丈夫か」

訝しげに眉をひそめられ、はっとする。

なにが、起きているのか。

改めて見下ろした自分自身は、部屋着を身につけ両手にタオルを抱えていた。風呂を使う狩納のため、用意したものなのだろう。

これは、夢なのか。

狩納だけが唐突に、十年も歳を取るなどあり得ない。自分が十年後の世界にいきなり迷い込むなんてことも、起こらないだろう。

夢、なのか。そうは思うが、世界はあまりにも現実そのままだ。この瞬間、狩納の変化に戸惑っている自分自身こそが夢の産物のように思える。

事実を呑み込むことができないまま、綾瀬は手にしたタオルを広げた。

「あの、風邪、引きますよ」

怖ず怖ずと差し出したタオルを、長い腕が受け取る。たったそれだけの動作にも拘わらず、視線を惹きつけられた。

「おう。ありがとうな」

気軽に礼を言われ、どきりとする。

狩納がわずかに眼を細めたのを、綾瀬は見逃さなかった。

刃物めいた、鋭い眼光ではない。鋭利ではあるが落ち着いた、穏やかな眼だ。

穏やか。

狩納の双眸にそんな光を見つける日が来るなど、数秒前までの自分は夢想だにしていなかった。綾瀬が知る狩納は、いつだってぴんと張り詰めたなにかを感じさせる男だ。目の前の狩納は外見だけでなく、その内側までも二十代の男とは違うというのか。

驚く綾瀬に、狩納が台所《キッチン》に置かれた椅子を示す。作業台を兼ねた円卓に着くよう促され、綾瀬は再び戸惑った。

「座ってろ」

顎をしゃくった男が、牛乳瓶を傾ける。その手元には、ちいさなミルクパンが置かれていた。ただでさえちいさな鍋は、狩納の手のなかにあると飯事《ままごと》道具にしか見えない。

なにを、するつもりだ。それで誰かを、殴り倒すつもりか。息を詰めた綾瀬の視線の先で、牛乳を注いだ狩納が小鍋を火にかける。

火に、かけたのだ。

心臓が止まるかと思った。

狩納は、全く包丁が使えないわけではない。一時期特訓したお蔭で、餃子《ぎょうざ》は完璧《かんぺき》に焼き上げることができた。だがそれ以外は、どうだろう。餃子を体得するまでの道のりも、決して平坦なものではなかった。

調理というものに、狩納はまるで関心がないのだ。そのはずなのに、目の前の男は実に器用に火加減を調節した。小鍋を覗き込む仕種も、堂に入っている。慣れていると、分かる動きだ。

慣れているのか。

おそらくは三十路《みそじ》の、狩納が。

驚きと衝撃で、どうにかなりそうだ。だが当の狩納は苦にした様子もなく、食器棚から白いカップを選び出した。牛乳が沸騰してしまう前に、製菓用のチョコレートを鍋へと放り込む。待つまでもなく、湯気を立てるカップが綾瀬の前へと置かれた。

「入れすぎるなよ」

ブランデーの小瓶を添えることまで、忘れない。ふわりと立ち上る甘い香りに、綾瀬は背中を冷たい汗が伝うのを感じた。

十年という歳月が、どう狩納に作用したのか。

狩納は台所に立たないだけでなく、脱ぎ散らかした服を廊下に落としてくることだってある男だ。チョコレートの瓶や食器類が棚のどこに収まっているかなど、把握しているはずがない。万が一綾瀬のため牛乳を注いでくれることがあったとしても、それをあたためるという発想があるとは思えなかった。

ではこれは一体、誰なのか。

我が目を疑うが、しかし目の前の人物が狩納その人であると確信している自分がいるのも事実だ。こんな男、二人といない。この理不尽さの最中にあって、それは直感的に納得できた。

だからこそ、怖いのだ。何一つ理解できないまま、綾瀬はふるえる指をカップに伸ばした。

「久芳の野郎は、相変わらずだったか」

ビールの小瓶を手にした狩納が、高い位置から尋ねてくる。言葉の意味が分からず、綾瀬は円卓へと尻を引っかけた男を見上げた。

「会ってきたんだろう。今日」

言葉を重ねられ、なにかが頭のなかで閃く。

会った。

確かに今日、綾瀬は久芳誉に会っていた。まるで最初からその記憶が存在していたかのように、鮮明な像が脳裏に浮かぶ。同時に、ぶるっと悪寒が走った。

己の記憶が事実ならば、今日久芳と会ったことを、狩納は知らなかったはずだ。自分は狩納には黙って、久芳と二人きりで会っていたのだ。

「あ、あの…、…はい。お会い、しました」

久芳と二人だけで会ったのには、理由がある。きちんと狩納の了解を得なかったことにも、理由があった。だがそんなことは、男には関係がない。

綾瀬が秘密を持つことを、狩納は極端に嫌った。綾瀬は狩納に対し、大きな借財を抱える身だ。いくら逃げないと言葉をつくしたところで、行動の全てを管理し、把握したいと思うのは当然なのかもしれない。

続けるべき言い訳を声にできず、カップに添えた指がふるえる。その顳顬へと、大きな手が伸びた。

「用件は？」

頬に落ちた綾瀬の髪を、厳つい指がするりと撫でる。

殴られるのでは、ないのか。身構え、萎縮した体がびくんと跳ねた。

「呼び出したのは、お前の方だったんだろ」

今日まで、綾瀬は狩納に殴られた経験はない。だが大柄な男の体軀は、いつだって直接的な暴力を連想させた。そんな狩納の逆鱗《げきりん》に触れれば、どうなるか。怯えるなという方が、無茶な話だった。

「あ…、あの、あ…、久芳さんの、会社で、あの…」

きちんと、説明しなければ。

そう焦れば焦るほど、頭のなかが真っ白になる。心臓が早鐘を打って、落ち着こうとする気持ちとは裏腹に舌が縺《もつ》れた。

「おう」

「っ…、あ、だから…」

しどろもどろに途切れる言葉が、嫌になる。

綾瀬自身でさえそうなのだから、話を聞かされる狩納が我慢できるはずがない。そう確信するのに、男は舌打ち一つもらすことなくビール瓶を傾けた。

ただ静かに言葉の続きを促され、干上がった喉が引きつる。

「く、久芳さんが、探してらした資料が、染矢先生のところにあって、それで、そ、染矢先生は、他の誰かに行かせるって言って下さったんですが、急ぎのものだったから、俺が…」

どうしても人手が足りず、急ぎの資料を渡すために久芳と落ち合うことになった。結果的には二人きりで会ったのだが、勿論それが目的だったわけではない。懸命に訴えた綾瀬に、男が視線だけで頷いた。

「そうか」

「こ、こうなったのは、染矢先生や、久芳さんのせいじゃ、ないんです。俺が…、俺が行くって、無理を言って…。すみません。出かける前に、狩納さんにちゃんと連絡、入れようと思ったんですが…」

「隠すつもりはなかったんだな」

男の声に、突き放すような冷たさや苛立ちはない。

もしかして、怒ってはいないのか。胸に閃いた可能性に、綾瀬はぎょっとして狩納を見た。

「も、勿論です…！　事務所に一度お電話したんですが、繋がらなくて…」

狩納に連絡がつかない状態で、勝手に行動すべきではなかった。唇を噛んだ綾瀬の髪を、長い指が掻き上げる。耳に引っかけるようやさしく梳《す》かれ、肌をくすぐる指のあたたかさに肩がふるえた。

「…すみません、俺、勝手なことをして」

「勝手だとは思っちゃいねえ。お前になんかありゃあ俺の寿命も縮むからな。状況だけは必ず報告しとけ」

なにかが、口からこぼれるかと思った。驚きのあまりもれそうになった、悲鳴だ。

軽い音を立て、唇が旋毛に落ちる。

「ッ…」

言うまでもなく、狩納に口づけられたことなど何度でもあった。旋毛どころか、唇やそれ以外の場所にだってそうだ。だがこんな状況で、あやすようなキスを与えられたことがあっただろうか。

もう一度、悲鳴がもれそうになる。

綾瀬が知る狩納は、こんな男ではない。

狩納ならば、綾瀬が秘密を作った時点で地獄の釜の蓋が開いたが如《ごと》く激昂《げきこう》していたはずだ。綾瀬の言い訳に耳を貸すことなく、怒鳴りつけていただろう。だが目の前の男は、最後まで冷静に耳を傾け、労りのキスをくれた。これはなにかの罠《わな》なのか。そうだと言われた方が、余程納得がいく。

しかしいくら凝視しても、触れてくる狩納の指や声から怒りの気配を読み取ることはできなかった。

本当に、本当に怒っていないのか。これが十年の差異だと言われても、理解できない。

大人の男の余裕だとでも言うつもりなのか。

二十六歳の狩納だって、綾瀬には十分年上の大人に思われた。それを加味してさえ、今自分に触れている男とは比べようがない。

目眩がした。

恐怖のせいか、あるいは安堵のせいかよく分からない。やはり、これは夢なのだ。

ぐらぐらする体を支え、綾瀬は一息に甘いホットチョコレートを飲み干した。

「…次からは必ず、狩納さんに連絡します。…チョコレート、ご馳走様でした。とっても、美味しかったです。洗い物は、すみませんが明日させてもらってもいいですか」

今夜は、先に休ませて下さい。

これが夢にせよ現実にせよ、自分が受け止められる許容量はとうに超えていた。取り敢えず、今夜は寝てしまおう。それ以外できることはないと心に決め、立ち上がる。

「おい。待てよ」

寝室へと向かおうとした体を、大きな手が引き止めた。

よく知っている、だが十年分の厚みを増した容貌がずいと鼻先に突き出される。

「どうした。やっぱり今日は変だぜ、お前」

「だから、もう、休…」

大きな手で顔を包まれ、まじまじと覗き込まれた。異変を探るよう眼を凝らした男が、促す動きで顎を上げる。

「…狩納、さん…?」

「あ？　キスもしていかねえつもりか」

ぽかんと、口が開いてしまう。突き出された鼻面の意味を理解した途端、火が点いたように顔が熱くなった。

「なっ、え、あの…」

三十代の大人の男が、心底不思議そうに首を捻る。なにをそんなに、驚いているのか。訝る狩納の眼には、からかいもなければ照れもない。至極当然そうに、男が深く背を屈ませた。

キス、されるのか。

はっとして厚い胸板を押したが、効果はない。形のよい狩納の口が、呆気なく唇に当たった。

「…え」

当たった、だけだ。

嚙みつくように嚙み合わされることも、下唇を吸われることさえなかった。

「どうした」

我に返り、綾瀬がちぎれそうに首を横に振る。

「な、なんでもありません」

「そうか」

頷いた男が、屈めていた背を伸ばした。

これで、終わりなのか。

拍子抜けしただなんて、とても言えない。

唇をくっつけるだけのキスが、一度だけだ。三十路の狩納は、こんなにもあっさりしているのか。あの、狩納が。

ほっとしていいはずなのに、狼狽が勝る。茫然と見上げた先に、男の唇が映った。少し荒れたそれは、二十代の狩納のものと変わりなく見える。一瞬触れたにすぎないが、唇で感じる感触だってよく似ている気がした。

「なんだ」

食い入るように、見詰めすぎたらしい。不思議そうに瞬かれ、綾瀬は今度こそうなじまでを赤くした。

「い、いえ…！」

「足りなかったか？」

おやすみなさい、と叫んで逃げようとした体を、引き寄せられる。飛び跳ねんばかりに驚いた綾瀬が面白かったのか、狩納がもう一度深く屈んだ。

引きつる唇に、口が触れてくる。

次こそ、嚙みつかれるのか。身構えた唇の上で、ちゅっと愛らしい音が鳴った。

先刻と同じように唇が重なり、離れる。まるで罪のない、動物の挨拶だ。もうなにがなんだか分からない。

狩納の眼に下卑《げび》たからかいが滲んでいたら、まだ納得できただろう。だが棒立ちになる綾瀬に、狩納はにやつきもせず首を傾げただけだ。まだ足りていないと、判断したのか。鼻先同士が触れる距離から、続けてあたたかな唇が落ちてくる。

「狩…」

気がつけば、自分はずっと息を止めていたらしい。触れるだけの唇に胸が軋んで、唇の隙間から空気がこぼれた。ぷは、ともれた息はあからさまに子供っぽく、笑った狩納がまた唇を重ねてくる。

押しつけられる唇はあたたかく、単純に気持ちがいい。

十年歳を取ると、狩納はこんな男になるのか。直情的な怒りを滾《たぎ》らせることなく、辛抱強く言葉の続きを待ってくれる。そして欲望とは無縁のキスを、つきることなくくれるのだ。

ぶる、と薄い背がふるえる。それが怯えによるものか、あるいは興奮によるものか、綾瀬には判断できなかった。

「足りたか?」

何度も角度を変えて降った唇が、尋ねる。足りていないわけはない。もう十分だと思うのに、眠気を誘うような声にすぐには頷くことができなかった。

そうか、と囁いた男が、鼻先を擦りつけ口を寄せてくる。ちゅっと音を立てた唇は今度もまたすぐに離れると、そう思っていた。

安心、しきっていたのだ。

うっすらと開いてしまっていた唇の隙間に、ぬれたものが割り込む。いつもなら、もっと身構えていられたはずだ。だがぬぐりともぐったそれが舌だと、そんなことにさえ気づくのが遅れてしまった。

「え…、あ…っ」

頭を包んでいた手が、いつの間にかがっちりと後頭部を捕らえている。頭を引いて逃げようとしたが、髪に絡む指がそれを許さなかった。

「んんっ、あぅ」

いきなり深く、含まされる。

口いっぱいにぬれた筋肉を押し込まれる感触に、ぞわっと背筋がふるえた。驚く綾瀬の舌を追いかけ、尖らせた舌先が奥へと進んでくる。警戒を解いていた唇に、音を立てて動くそれはあまりにも生々しく感じられた。

絡みついてくる肉の、ざらついた舌触りまでもがありありと伝わる。強く吸われると、敏感な口蓋がじんと痺れた。それが性感なのだと、綾瀬に教えたのは今まさに口腔を掻き回してくる男だ。

だがこんな、不意打ちのようなキスは知らない。

あやすような口づけが一転して、食いつくすようなものに変わる。

驚いて呻く綾瀬の混乱が、狩納に伝わっていないはずがない。それなのにねっとりと動く舌は、綾瀬の弱い場所ばかりを舐めてくる。ぐりぐりと口蓋の凹凸《おうとつ》を舌で掻かれると、爪先にまでむず痒さが広がった。舐められているのは口なのに、両足の親指がぞわぞわと痺れる。

息が苦しいのに、縺れる舌ごと口腔が溶け落ちてしまいそうだ。ぢゅっと強く舌を吸われ、気がつけば円卓に腰がぶつかっていた。

「…っふ、ぁは、んん」

「どうだ。足りたか？」

今度こそ、頷かなければいけない。分かっているのに唇を解放され、酸素を吸うことばかりに懸命になる。べったりと唾液でぬれた綾瀬の顎を、無骨な指が拭った。

「そいつがお前の、満足したって面か」

言葉の響きは粗雑だが、触れてくる指はやさしい。顎を引き上げられ、喘ぐ唇に再び口を寄せられた。また深く、掻き回されるのか。わなないた唇に、ちゅ、と軽い口づけが落ちた。

「あ…」

混乱に、声がもれる。

そうだ。混乱だ。

もう一度深い口づけが欲しくて、舌先が疼いたわけではない。ふるえた唇に、続けて何度か唇が重なった。触れてくるだけのそれに、たった今まで掻き回されていた口腔がずくずくと熱を募らせる。

戸惑い、身を捻った綾瀬の尻を、大きな手が摑んだ。

「ッあっ…」

唇にばかり、意識が向いていたのがいけなかった。下着ごと呆気なく部屋着を引き下ろされ、つるりとした尻を剝き出しにされる。咎めようとした唇を、またしてもねろりと舐められた。

「ひぁ…」

「まだ、足りてねえんだろ？」

首を傾げて覗き込んでくる男の仕種は、少しだけ見慣れない。目元に浮かぶ、薄い影のせいか。首を横に振ろうとすると、指が食い込むほどきつく尻の肉を握られた。

痛い。びくんと体が引きつり、同時に熱っぽい気持ちよさが摑まれた場所から滲んだ。

「あっ、俺、もう、寝…」

これ以上、この男の好きにされてしまうのは危ない。

本能的な警鐘に、綾瀬は厚い体を押し返そうとした。二十代の狩納も、綾瀬をいいように扱うのは同じだ。しかしここまで、先が読めない男ではなかった。

猫でも撫でるように甘やかしたと思ったら、不意に牙を立てられる。逃げ場を一つ一つ潰すよう、焦れることなく触れてくるそれは狩納より十も年上の大人の男のやり方なのだ。

「っや、ぁっ…」

「ベッドがいいのか」

尻の割れ目を指で辿られ、びくんと痩せた体が竦む。大きく首を横に振ると、間近に寄せられた唇がにや、と笑った。

ぞわりと、鳥肌が立つ。

狩納の唇には、なんの含みもない。機嫌だって、きっと悪くはないのだろう。綾瀬のために牛乳をあたため、久芳との事情に耳を傾けてくれたのと同じだ。だからこそ、怖い。短気な狩納も怖いと思っていたが、それを自制する力を身につけた男はもっとずっと恐ろしかった。

「違…」

「ここだって、そりゃあ俺は構わねえが」

「だ、だからっ、俺、もう寝…」

訴えた綾瀬から、男が半歩離れる。聞き入れて、もらえたのか。一瞬胸を過《よぎ》った期待は、抽斗《ひきだし》を開いた狩納によって一蹴《いっしゅう》された。

作業台から取り出されたそれは、銀色の容器に収められたクリームだ。

綾瀬の手は、すぐ水仕事に負け荒れてしまう。一人で生活していた頃は気にしなかったが、狩納と暮らすようになってからはハンドクリームを与えられた。いつでも使えるようにと、台所の抽斗にも収められている。その一つを、男は当然のように手に取った。

「狩っ…」

「心配するな。終わったらちゃんと俺が寝かしつけてやる」

太い指が、容器からたっぷりとクリームを掬う。少し苦味のある柑橘《かんきつ》の匂いが、鼻先に触れた。

「いっいえ、も、今…」

すぐにでも、休みたいのだ。そして一刻も早く、この夢から覚めたい。

首を横に振る綾瀬を無視し、向かい合う形でがっしりと尻を掴まれる。厚い胸板が目の前に迫り、風呂上がりの肌の匂いが鼻腔を満たした。

「ひ、あっ」

羞恥を覚える間もなく、ぬれた指に尻の穴を探られる。寝室に連れ込まれるのも困るが、ここは台所だ。たった今までホットチョコレートを飲んでいた場所で、男はなんの躊躇もなく指を動かしてくる。そうするのが当たり前だとでもいうように、クリームを掬った指が尻の穴にもぐった。

「ああっ、痛、や入れ、な…」

ぬぶりと指が埋まる感触に、厚い胸板を押し返す。暴れようとする体を易々《やすやす》と腕に抱え、太い指が左右に回った。

「少し汗をかいた方が、きっと寝つきがよくなるぜ」

息に混ぜられた下卑た冗談が、耳元をくすぐる。ぶるっとふるえた綾瀬の尻の穴から、不意に指が抜けた。ほっとする間もなく、もう一度入り込んだ指がぬぷんと揺れる。穴の縁を捲るように指を曲げ、そうしてまた引き抜かれるのだ。

遊ばれて、いるのか。浅い場所ばかりをくぽくぽと引っかけられ、綾瀬が背をくねらせる。

「あ、あっ、狩…」

たった指一本なのに、全身がその動きに集中してしまう。ぞろりと内壁を撫でたと思ったら、奥まで進んで再び抜け出る。前のめりに逃げようとする体を抱えられ、今度はなんの前触れもなく二本目の指を押し込まれた。

「ひっァ、あっ」

無遠慮に進んだ指が、腹側の一点を掠める。張り上げたはずの悲鳴が、とろりとぬれて耳に届いた。左右から挟むように、太い指が前立腺を捉えてくる。

他のどんな場所に触れられるのとも、違った。指の腹で転がされ、小刻みに突かれるだけで膝や爪先に悪寒のような痺れが散る。

ごつごつとした男の指は、しっかりと太くて長い。尻肉に掌が当たるほど深く埋められると、前立腺どころかその奥までがごりごりと押し潰された。苦しくて尻を揺するが、まるで自分から欲しい場所に指を押しつけているようにしか見えない。あるいは尻に埋まった狩納の指こそが、崩れそうな体を引っかけ吊り上げているのか。恥ずかしさに鼻腔が痛んだが、それ以上に否定しようのない熱が下腹を舐めた。

「満足できねえと、よく眠れねえだろ？」

満足するだとか眠れるだとか、もう綾瀬がそれどころでないことくらい、狩納はちゃんと分かっているはずだ。手前から奥へぐちゃぐちゃと掻き上げながら、密着した体を揺すられる。性交そのままの、卑猥《ひわい》な動きだ。

「あっ、っや、だめ…っ」

足の間に入り込んだ硬い腿が、剝き出しにされた綾瀬の性器を上下にこする。そうされるまでもなく、張り詰めたそれは先端を甘くぬらしていた。

みっしりと筋肉に包まれた腿と指とに、腹の外と内側から性器を捏ね回される。性器のつけ根にある前立腺をぐにぐにと揉まれると、鳥肌が立つような心地好さが亀頭を熱くした。その刺激だけでも溶け落ちそうなのに、腿まで押しつけられたら一溜まりもない。弱い場所を指と腿とでしっかりと挟まれ、逃げ場もなく押し潰される。

「ひァ、あァ…っ」

揺すぶってくる体軀の力強さに、開きっぱなしの唇から涎がこぼれた。腰を支えていた狩納の指が更にもう一本、すでに入り込んでいた指を掻き分け進んでくる。ぐっとぬれた穴を両手で割られ、左右に引っ張られる恐怖と羞恥に悲鳴がもれた。

「っあァ、狩…、ぁ指…っ」

前立腺より奥にある精嚢を、器用な指が腸壁越しに小突く。どっとあふれた性感ごと、逞しい腿に性器を扱かれた。気持ちいいというよりも、気持ちがよすぎて苦しい。息も継げずに喘げば、追い打ちをかけるように上体を押しつけられた。これ以上刺激など欲しくないのに、部屋着の下にある乳首が切なくこすれる。

「や、も、ぁあ、あ」

がくがくと、膝が笑った。しがみついた男の下腹部が、形を変えて臍を圧す。ぶるっとふるえた綾瀬の尻から、指が抜け出た。

「…っんァ、え…」

唐突に取り上げられた刺激を理解できず、充血しきった性器から少量の体液がこぼれる。射精と呼ぶにはあまりにも弱く、わずかに精液が混じったにすぎない。あァ、と混乱にのたうった体が、膝から床に崩れ落ちた。

「…ぁ、どうし…、て…」

「なんだ。足りなかったのか」

意外そうに膝を折られ、悲鳴がもれる。

溶けきったクリームと綾瀬の腸液とでぬれた指を、男が視線の高さに持ち上げた。

「悪《わり》ぃ。確かにお前のケツの穴、気持ちよさそうにぴくぴくしてやがったな。もうちょっとで、イけそうだったか?」

心にもないだろう謝罪よりも、たった今まで自分の尻に埋まっていた男の指から目を逸らせない。てらつく指を曲げられると、触られたわけでもないのにきゅうっと腹の奥が切なく疼いた。

「あ…」

「満足したって面してやがるから、てっきりもう足りてるのかと思ったぜ」

伸ばされた手が、綾瀬の口元を拭う。からからに渇いていると思った唇は、喘ぎと共にこぼれた唾液でべったりとぬれていた。丁寧にそれを拭った狩納の親指が、綾瀬の下唇に触れてくる。

ぞくりと、鳥肌が立った。男がなにを求めているのかは、言葉にされなくても分かる。嫌だと、首を横に振ることもできたかもしれない。だが誘うようにさすられた唇の裏側が、むず痒く痺れた。

怒鳴られたわけでも、脅されたわけでもない。このまま顔を背《そむ》ければ、狩納は自分をどう扱うだろう。あるいは自分は、どう扱われたいのか。

ふるえが背中を包んで、気がつけば操られるように唇を開いていた。

「っんん…、あ、ぐ…」

唇を撫でた親指が、ぬぐっと一息に入り込む。それまでとは打って変わった力強さに、指を含んだ口腔がじんと痺れた。ずっぷりと含まされ、息が詰まる。だが粘膜を掻き混ぜられる気持ちのよさが、息苦しささえ快感に置き換えようとした。

うぐ、と呻いた喉の動きに、狩納が眼を細める。その感触が気に入ったと褒める代わりに、ごつごつとした指が前後に動いた。

大きく出入りする動きは、もっと太い肉で口腔を突かれる行為そのものだ。苦しいのに、ちゅっと厳つい指に吸いついてしまう。たっぷりと唾液が垂れるまで口腔を掻き回した指が、舌をくすぐりながら退いた。

「ぅ、あ…、ふ」

赤い舌先が唇からこぼれ、狩納の指を追ってちらりと舐める。

「どうした。今日は随分欲しがりな日だな」

強請りがましい仕種に、狩納が驚いたように笑った。呆れられたかと思ったが、頭を撫でた男の手はどこまでもあたたかだ。

だが決して、甘やかすだけでは終わってくれない。綾瀬から望むものを受け取るまで、この男は辛抱強く待つことができるのだ。

「俺はいつだって、お前のことを満足させてやりてえって思ってるぜ？」

耳の裏を甘く搔かれ、そっと肩を押される。固い床へと転がされても、もう嫌だとは言えなかった。

「狩…」

「どこに欲しいのか、ちゃんと見せてみろ」

やさしい声で促され、声がもれる。

反射的に男を仰ぎ見た自分自身を、綾瀬はすぐに後悔した。照明を遮《さえぎ》るように、大きな体が伸しかかっている。

狩納と同じ顔をした大人の男が、眼を細めて自分を見下ろしていた。

「おい、それじゃあ分からねえぜ？」

逆らうことなど、できるわけがない。怖ず怖ずと膝を立てた綾瀬の腿を、ぱちんと音を立てて男が張った。

痛みと呼べるものは、ほとんどない。だが手を上げられると思っていなかった体には、掌が立てた音だけでも十分な刺激だ。混乱と緊張とが、電流のように脳髄を麻痺《まひ》させる。あ、と喘いだ綾瀬の腿を、同じ男の手がぞろりと撫でた。まだじんわりと痺れている肌を丸くさすられ、ふるえる指を自らの膝へと伸ばす。

「っあ、ぅう…」

左右の膝裏を掴み、ゆっくりと持ち上げた。

欲しがり、強請る仕種に他ならない。できる限りの力で膝を引き寄せると、見せつけるように尻が持ち上がった。

「確かに、すげえ欲しそうだな」

感心したように、狩納が顔を寄せてくる。

男の指によって掻き回された穴は、クリームでてらつき赤く腫れていた。まじまじと視線を注がれた場所に、不意にひやりとしたものが当たる。むに、と両手の指を使って左右に開かれ、悲鳴がもれた。

それだけではない。膝を折った男が、指で拡げた場所へと深く屈んだのだ。

「ひァ、ああっ」

潤んだ尻の穴から会陰までを、べろんと舐められる。今度こそ、射精してしまうと思った。苦しがって丸まる爪先を尻目に、男が桃色の粘膜を覗かせる穴に吸いつく。

「ああっぁ、ひ…」

尖らせた舌先が、ひくつく穴をぐるりと撫でた。入りたがる動きで、ぬちぬちと中心を突かれると堪らない。穴を締めて拒もうとするのに、ぬらりと粘膜の内側を舐められた。浅い場所を掻く舌の熱さに、ぎゅっと全身が強張る。床に膝をついた男が、突き出した舌を犬のように使うのだ。綾瀬自身の手で開き差し出した穴で、狩納が。

思い描くと、どくどくと痛いくらい心臓が胸を叩いた。足の裏が切なく痺れて、深い場所でなにかが弾ける。だがすぐに次の気持ちよさが押し寄せ、爪先がふるえた。

「綾瀬」

名前を呼ばれて、焦点さえ定まっていない自分の視界を自覚する。はっ、はっと全力疾走したように息が上がり、指先がおかしいほどふるえていた。その体に、ずっしりと重いものが乗り上げてくる。

狩納の、体だ。

腿の内側に密着する重みと熱に、ああ、と呻きがもれた。

「狩…」

舌と同じくらい熱いものが、たった今まで舐め回されていた場所に当たる。深く伸しかかる狩納の陰茎が、尻の割れ目を縦に動いた。

「あ、ァ…」

にゅるんとすべった亀頭を追いかけるように、尻が上を向こうとする。恥ずかしい。ぱんぱんに熱を詰め込まれた頭が、よりいっそうの羞恥に煮える。助けて、と訴えた綾瀬の頬に、荒い息が落ちた。キス、されるのか。鼻を擦り寄せようとした首筋に、がぶりと固い痛みが食い込む。嚙みつかれ悶えた体を、太い肉が押し広げた。

「あっあ、っあ、狩…」

「おい、そう食いつくな」

喉に絡む声が、笑いながら首筋をくすぐる。

くぐもった声にさえ、ぞくりとした。ぴっちりと怖いくらい肉を拡げ、体重をかけて押し込まれる。

「ぁあっ、狩…、苦、し…」

悲鳴がもれてしまう場所を、二度三度と往復された。伸しかかる体ごと尻を揺すられると、むっちりとした亀頭が弱い部分を抉《えぐ》る。単純な動きなのに、全身が汗にまみれるほど気持ちがいい。苦しくて仕方ないのに、与えられる刺激に夢中になる。雁首の段差に前立腺を掻かれて悶えると、太い肉がずるりと下がった。

押し込んだ丈の分だけ退かれ、こんなにも深く呑み込んでいたのかと怖くなる。同時に抜け出てしまいそうな危うさに、追いかけるように尻が浮いた。

「あっ…」

この熱から逃れたいはずなのに、相反する欲求が胸を叩く。その期待を裏切り、ぬぽん、と音を立てて陰茎が尻穴から外れた。

「あッあ…、狩…」

欲しかったものを呆気なく取り上げられ、声がもれる。

腿の裏に感じる重みがそうであるように、脈動する熱もまた綾瀬が知る男のものだ。肌の匂いも体の厚みも、綾瀬は狩納以外何者も知らない。それなのに今日は、なにもかもが違う。

男の意地の悪さ以上に、自分の浅ましさに息がふるえた。不覚にも、しゃくり上げそうになる。重い体を撲とうとした綾瀬の手を、男が口元へと引き寄せた。

「怒るな。お前が可愛すぎるからだろうが」

宥めるようにキスを贈られ、ぬれた亀頭を尻穴に押しつけられる。

指を吸う唇よりも、ねっとりと深いキスだ。密着する亀頭の熱さに、ふっくらと腫れた入り口が喘ぐ。まるで進んで口を開き、男の肉をしゃぶりたがっているみたいだ。自分の欲深さに悶えた綾瀬を床に縫いつけ、太い陰茎がずぶりともぐった。

「ひっ、ぁ…」

今度は、手加減などなにもない。もう十分苦しいと思っていたのに、張り出した雁首がごりごりと前立腺を押し潰した。休みなく体を揺すられ、息が継げない。開きっぱなしの口で喘ぐ綾瀬に、狩納が重い体を繰り返し押しつけた。

「っあァ、ひ…」

「そんなに欲しかったのか？　すげえな。なかがうねって、絞り取りにきやがる」

亀頭だけを含ませて終わるような、浅い交接ではない。ずっぷりと勢いをつけて腰を使われ、硬い腿が尻に当たった。

全部、入れられてしまったのか。その事実に怖くなるが、腰を揺すられると更に深く、にゅぐ、と男の陰茎が埋まった。

「あ、そん、な…、ぁ奥…」

「もっと、だろ？　お前、本当に今日はどうしちまったんだ」

こんなにぎゅうぎゅう絡んで、欲しがりやがって。

甘い声で詰られ、ぞくぞくと二の腕に鳥肌が立つ。違うと言いたいのに、声にならない。角度を整えるため綾瀬を抱え直した男が、どん、と腰をぶつけてきた。

小柄な綾瀬が受け止めるには、伸しかかる体はあまりにも強靭《きょうじん》すぎる。だがぬかるんだ場所を突かれると、男を呑む穴が喜ぶようにうねった。

狩納の、言う通りだ。どろどろと注がれる快感が、出口もなく腹を疼かせる。必ず割れると分かっている風船に、限界を越えて水を注がれるみたいだ。苦しくて気持ちよくて、大きく口を開くのに酸素が足りない。もう喘ぐことしかできない体を、男が繰り返し突き上げた。

「っはっ、あ無、理っ、あァ…」

床と狩納とに挟まれた体が、ぐっと内側へ縮こまろうとする。危うい場所にまで届いた陰茎に、瞼の裏で光が散った。

「ああ、ぅ…あ」

射精できたのかどうかは、分からない。ばちんと弾け飛ぶ感覚に、頭のなかが真っ白になる。押し潰されそうなほど密着した体からも、ぶるっと短いふるえが伝わった。

「狩、ぁ…」

深い場所を出入りする肉が、更に膨らむ。両腕だけでは足りないと言うように、のたうつ痩躯を額を押し当ててまで固定された。

「ひァ、っあ…ッ」

流し込まれる。

散々こすられとろけた場所に、吐き出される熱が広がった。陰茎を詰め込まれるのとは違う圧迫感に、声が出る。

「すげえな」

どれくらい、吐き出されたのか。

詰めていた息をようやく解き、男が呻いた。は、と落とされた息の深さに、投げ出した体がじんわりと痺れる。満足そうにもらされた声は、低く掠れていた。

狩納も、気持ちがよかったのか。場違いとも思える自分の想像に、繋がったままの下腹が疼いた。力なく落ちた瞼の上を、あたたかな唇が撫でる。まだ熱い息を吐く男の唇が、労るように瞼を吸い涙を舐めた。

あたたかい。寝台には辿り着けなかったが、もうこのまま眠ってしまおうか。そうすればこの怖い夢も、終わるはずだ。

「綾瀬」

名を呼ばれ、弱く瞬く。

官能的な声は、蜂蜜《はちみつ》みたいに甘くてやさしい。そう、やさしいのだ。わずかに肉づきを薄くした三十代の男が、自分を見下ろしていた。分かっているのに、こんな声を聞いてしまうととろりと思考が溶ける。

狩納、なのだ。

とろけきった意識の端っこで、思う。これがどれほど非現実的であろうと、確かにこの男は狩納だった。うとうとと眠りに落ちようとした体が、傾ぐ。続いて揺れた視界に、綾瀬はあ、と声を上げていた。

「狩…」

逞しい腕が、床に投げ出されていた痩軀を引き上げる。振り落とされまいと思わず縋った綾瀬ごと、狩納が立ち上がった。

「な…、っあ、あッ」

なにを、とは声にできない。綾瀬を抱えた男は、まだその陰茎を尻穴から抜いてはいないのだ。みっちりと太い肉が腹のなかで角度を変え、綾瀬はこぼれそうに目を見開いた。

「や、あっ、降ろ…、あぁっ、やっ」

いかに綾瀬が小柄とはいえ、重力がある限り体は下に下がろうとする。ずり落ちないよう向かい合わせに揺すり上げられ、外れそうだった肉がぬぐりと埋まった。

たった今あれだけ吐き出したはずなのに、狩納の陰茎はその硬さを取り戻し始めている。むしろより硬度を得ようとする動きで腰を揺すられ、ぬれた肉が尻穴を出入りした。

「ひ、ァや」

「ベッドで寝かしつけてやるって、約束しただろ」

悪びれず告げた男の声は、やはりやさしい。なんの不安もない足取りで、狩納が一歩を踏み出した。

「ああッ、狩、だめ…っ」

しがみついた体から、床を踏む振動が直接響く。摩擦は少ないが、自分自身の体重がそのまま重く腹を圧した。床に落ちそうな不安と混乱に、両足まで回してぎゅっと縋るしかない。陰茎を咥えた尻穴が引きつりながら窄まり、男が満足そうに笑った。

「安心しろ。足りねえなんて言わずにすむだけ、くれてやる」

もう、十分です。

叫ぶ代わりに、しがみつく体に指を食い込ませる。機嫌のよい足取りで進む男が、ぬれた睫をちゅっと吸った。寝室までの距離は、絶望的なまでに長い。

目が、覚《さ》める。

覚めたのだ。

認識すると同時に、綾瀬ははっと睫をふるわせた。

「っ…」

まず目に飛び込んできたのは、分厚い胸板だ。筋肉に覆われた裸の胸が、大型動物がそうするように綾瀬を抱えている。

たった今まで夢に見ていた光景と、まるで同じだ。これはまだ、夢の続きなのか。あるいは自分は夢など見ておらず、全ては現実に起きたことなのか。

声がこぼれそうになり、綾瀬は体を起こそうとした。その肩を、頑丈な腕が捕らえる。ぎょっとして上げた視線の先で、鋭利な双眸が瞬いた。

起きて、いたのか。眠っているとばかり思った男が、自分を見ていた。

「狩…」

名前を呼ぼうとして、気づく。

狩納北だ。さっき夢に見ていた男だって、狩納だった。だがあれとは違う、二十六歳の男がそこにいた。

「どうした」

へなへなと寝台に崩れ落ちた綾瀬に、狩納が唸る。まだ微かに眠気を引き摺っているらしい男の声は、低く掠れていた。

「いえ…、あの…、…夢で、よかったと、思って…」

「夢？」

ほっとするままもらした呟きに、男が眉を引き上げる。夢の話など、特別興味を引かれる話題とは思えない。どこか訝しそうに先を促され、そんな狩納らしさに綾瀬は深い息を吐いた。

「…狩納さんの、夢です」

「俺の？」

「あ…、でも、狩納さんって言っても、いつもの…、本物の狩納さんじゃないんですが…」

本当に、不思議な夢を見たものだ。何故、あんな夢を見たのか。思わず笑いがもれそうになり、だって、と綾瀬は言葉を継いだ。

「だって、全然、違うんです。夢に出てきた狩納さんは雰囲気とかも、なんて言うか落ち着いてて、俺の話なんかも、ちゃんと聞いてくれて…。歳も、今より十歳くらい上に見えたんですけど、ココアまで淹《い》れてくれたんですよ。俺のために、わざわざミルクパンで牛乳を温めて」

言葉にすると、全てはただの夢だったのだと改めて思い知らされる。

凶器にする以外で、狩納がミルクパンを手にするなど、夢でなければなんなのだ。それでもその夢のなかで、自分はホットチョコレートを作ってくれた男を十年を経《へ》た狩納だと確信していた。不条理なのが夢の夢たる所以《ゆえん》だとしても、目覚めた今となってはやはりおかしい。

ちいさく笑った綾瀬の耳に、厳つい指が伸びる。きゅっとつままれ、驚きに琥珀色の瞳が瞬いた。

「狩…」

「悪かったなァ。台所にも立たねえし落ち着きもねえしちゃんと話だって聞かねえ上に、ココアの一つも淹れてやらねえ俺で」

ちらりと覗く犬歯と、突き出された下唇に思い知る。

目の前の男は、確かに二十六歳の狩納だ。紛《まご》うことなく、綾瀬がよく知る狩納北だった。

「ちちちち違います…！　そ、そういう意味じゃ、ないんです…っ！　確かに夢で見た狩納さんは大人で、我慢強くて、台所のお皿の位置まで完璧に把握していましたけど、でも…！」

言い募れば募るほど、見下ろしてくる男の眉間の皺が深くなる。牙を剝いて、吠《ほ》えるのか。その恐怖に背筋がふるえたが、でも、と綾瀬は声を絞り出した。

「で、でも、俺は、そんな狩納さんより、いつもの狩納さんの方が、よかったんです…！」

現実の狩納と夢に見た狩納とを比べるなんて、奇妙な話だ。だが精一杯声にすると、男は少なからず驚いたらしい。わずかに眼を見開いた狩納が、もう一度きゅっと綾瀬の耳をつまんだ。

「…そうか」

納得できたのか、できなかったのか。唇を引き結んだままの男が、低く唸る。

もしかしたら、照れているのかもしれない。それでも諸手《もろて》を挙げて喜ぶには至らないようだ。複雑そうだが、しかしどうやら怒鳴ろうという気は殺《そ》がれたらしい。ほっと息を吐き出すと、再びじんわりとくすぐったいような心地が込み上げてくる。

狩納、だった。

耳に触れる男は、間違いなく狩納だった。

夢で見た男は揺るぎない風格を持ち、低く落ち着いた声で綾瀬を受け止めてくれた。目の前の狩納だって、綾瀬にとっては追いつきようのない大人の男だ。だが飾ることなく表情を変え、感情をそのまま自分に教えてくれる。

もしかしたら現実に、十年を経た狩納は夢で見た通りの男になっているかもしれない。容易には受け入れがたいが、時間の流れは確実になにかを変えるだろう。その差異が好ましいものか否かは、分からない。

だがもしこの先の一年でも一日でも、狩納と共にすごせるとしたら、変化は綾瀬自身にも訪れるはずだ。

自分はともかく、狩納がどんな男になるのか。その変化を目の当たりにできるなら、それはきっと幸福なことだ。同じだけ、今この瞬間自分の傍《かたわ》らにいてくれるのが、この二十六歳の男であることが嬉しかった。

耳を離れた狩納の指が、綾瀬の髪をするりと掬う。顳顬に触れた指のあたたかさに、とろりと瞼が落ちた。このままもう一度、眠ってしまおうか。もしかしたら夢のなかで、また思いも寄らない年齢の狩納に出会えるかもしれない。自分の想像にふふ、と笑った綾瀬の唇を、硬い指がむにゅりとつまんだ。

「ところで綾瀬。お前、そいつとヤったのか」

「…え？」

素っ頓狂な、声が出る。

いきなり、なにを言い出すのだ。清潔な朝の日差しが作る逆光のなかで、鋭利な眼光が自分を見ていた。

「……な…」

「俺以外の男と、ヤったのか？」

問いの意味が、理解できなかったわけではない。むしろそれが理解できたからこそ、忘れたはずだと思っていた記憶が一息に蘇った。

「それ、は…」

思い出すべきではない。

自分はホットチョコレートを淹れてもらい、ただおやすみの挨拶を交わして眠っただけだ。冷たい床に転がって、自分から足と尻を上げて恥ずかしい場所を男に見せつけたりはしていない。床が汚れるほど交わり、挙げ句に寝室まで汚したりなど断じてしていないのだ。そう自分に言い聞かせようにも、あの長い廊下をどうやって移動したのかを考えると、ぞわりとした熱が下腹を包んだ。

「…ヤったんだな」

狩納の眼が、すいと細められる。

声も出せないまま、火を噴きそうなほど顔が熱くなった。それと同時に、ざっと音を立てて血の気が下がるのを感じる。

「行儀がよかろうが物分かりがよかろうが何歳だろうが、俺がお前を前にしてヤらねえわけがねえからな。で、どうだった？　俺以外の男と浮気《うわき》した感想は」

「う、うううう浮気って…！　じじじじ十歳年上の狩納さんでも、狩納さんは、狩納さんじゃ…」

逞しい腕が、眼前に伸びた。言い訳に耳を貸すこともなければ、夢のなかの自分自身にすら寛容になるつもりのない男の腕だ。

「具体的に聞かせてもらおうじゃねえか、綾瀬。そいつがテメェをどう満足させたのか、たっぷりな」

悲鳴を上げた唇に、二十六歳の男の口が嚙みついた。

新宿ワンダーランド

薄暗いアスファルトの道に、舌打ちが落ちる。

今回の仕事は、最悪だった。仕事というより、奉仕活動と呼ぶべきか。

込み上げる苦々しさに、狩納北は息を絞った。

ただでさえ温和《おんわ》とは言いがたい男の眉間に、深い皺が寄る。狩納の容貌は、文句のつけようもなく端正なものだ。だが双眸に宿る剣呑《けんのん》さが、その造形以上に男を印象的な存在に見せていた。

不用意に近づけば、次の瞬間には容赦《ようしゃ》なく叩きのめされるのではないか。同性であれば、誰しもがそんな恐怖を抱くだろう。女であれば、競ってその胸に飛び込みたいと願うに違いない。

実際自分の胸に残った感触に、狩納は辟易《へきえき》と奥歯を噛んだ。そんな男の隣で、ちいさな笑い声が上がる。

ずんぐりとした、中年の男だ。

どう見ても、堅気《かたぎ》ではない。紺色のスーツを身につけた中年男は、見ての通りのやくざ者だ。

誓って言うが、狩納自身は金融業者でこそあれ、やくざではない。たとえ今日ここにいる理由が、やくざの組長の頼みであったとしてもだ。

「すみません。どうにも気になっちまって」

へへ、と笑う男には、奇妙な愛嬌《あいきょう》がある。

この男が親父と慕う鷹嘴は、狩納にとっても身内同然の存在だ。狩納の実父の古い仕事仲間で、狩納自身もちいさな頃からなにくれとなく世話を焼かれてきた。しかし鷹嘴はただ御節介《せっかい》なだけでなく、必要とあればその見返りを求めてくるのだから始末が悪い。

お蔭で先日も、面倒な目に遭った。キャバクラの経営者と、その弟に関する案件だ。腹立たしいが、今夜も似たような理由から外出を強いられていた。

馴染みのホステスが逃げたとかで、居所を突き止めるよう頼まれたのだ。

そんなこと、テメェでどうにかしやがれ。顔を歪めて吐き捨てても、鷹嘴は笑うばかりだった。女房の手前、自分の組の者を使い大っぴらに探すのは憚られたらしい。知ったことか。阿呆らしい話だが、逃げたホステスは鷹嘴の持ち物までくすねていったそうだ。そいつもついでに回収してきてくれと、注文までつけられた。

女を追うことも、そこから必要品を回収することも、狩納には馴れた仕事だ。だがとてもではないが、自分が出向かねばならない用件とは思えない。

全て部下に任せるつもりでいたが、結果的に女の身柄の確保には立ち会う羽目となった。

「しかし派手にやられましたねえ」

紺色のスーツの男が、狩納の胸を指す。鍛えられた狩納の胸板は、がっしりとして厚い。上着を脱いだその左胸に、今は赤い色がなすられていた。

血ではない。口紅だ。

薄青い狩納のシャツに、鮮やかな口紅がこれ見よがしに散っていた。

「狩納社長の胸に、そんなでっかいキスマークを残せたんだ。あの女もこれで気分よく成仏《じょうぶつ》できるでしょう」

「知ったことか」

べったりと貼《は》りつくそれには、艶やかな光沢がある。

女を捕まえるだけなら話は早いが、持ち出したものとやらを押さえるのに手間取った。数日を要した仕事の全てが終わったのは、つい今し方のことだ。女は鷹嘴が寄越した車に押し込まれ、狩納の前から消えていった。

そこから先は、関わりのないことだ。命までは奪われないだろうが、相応の支払いを強いられはするだろう。

「こんなもんつけて帰ったら、社長のコレがコレになるんじゃあねえですか」

愛車へ足を向けようとした狩納に、男が右手を持ち上げた。笑いながら小指を突き出し、ついでに人差し指を二本、額に当てる。

なんとも古臭いが、恋人に角が生えると言いたいのか。

恋人に。

瞬間、頭に浮かんだのは小柄な肢体《したい》だ。

綾瀬雪弥。夏の暑い夜に、非合法の競売《きょうばい》で競り落とした少年の名だ。以来、増えることはあっても減ることのない借財を理由に、狩納は彼を手元に置いていた。

その事実だけを取り上げれば、とても恋人と呼べる間柄ではない。だが始まりはどうであれ、今綾瀬が自分と暮らすのは彼自身の意志でもあるのだ。

それでも恋人、という言葉には、柄にもなく尻の座りの悪さを覚える。尤も目の前の中年男は、情人《じょうじん》、という意味で小指を立てただけかもしれない。舌打ちがもれそうになり、狩納は胸の汚れを見下ろした。

掠れて尾を引く赤色は、どこからどう見ても口紅だ。

綾瀬はおっとりした少年だが、いくらなんでもこれが口紅だと気づかないわけはない。洗濯を始め、綾瀬は家事の一切を引き受けてくれている。こっそりクリーニングにでも出さない限り、この汚れは必ず綾瀬の目に留まるはずだ。

恋人が、鬼になる。

真っ赤な口紅は、狩納の胸元に誰かの唇が触れた証《あかし》だ。偶発的な事故だったとしても、そんな至近距離で一体なにをしていたのか。

もしこれが逆の立場なら、狩納の額には角が生えるどころではすまないだろう。綾瀬が学友と話す姿を眼にするだけで、腸《はらわた》が煮えくり返るのだ。男であれ女であれ、あの薄い胸に唇を押し当てたとなれば、即座に相手をぶち殺す自信があった。

しかし綾瀬は、どうなのか。

今回の件で綾瀬が鬼になるとすれば、それは洗濯の鬼が精々だ。手強《てごわ》い汚れに奮い立ち、眉を吊り上げて染み抜きに挑む姿が眼に浮かぶ。まかり間違っても、狩納が女と密着した事実に角を生やしたりはしないだろう。

洗濯の鬼と化した綾瀬は、なかなか勇ましいに違いない。鮮明すぎる想像に、狩納は思わず嘆息を嚙んだ。

あり得る。いや、これ以外はあり得ない。

だが、もしかしたら。

胸を過ったわずかな可能性に、狩納は今度こそ息を絞った。

阿呆らしい。なきに等しい可能性に期待するのも、そもそも端から諦めきるのも、どちらにしたって度しがたい話だ。

「大丈夫ですよ、社長。嫉妬《しっと》されるのも男の甲斐性《かい》ってやつですって」

狩納の嘆息を、恋人の嫉妬深さを面倒がってのものと解釈したらしい。親切にも慰められ、お前こそ黙れと唸りがもれた。

「あれですよ。コレがあんまり嫉妬深く騒ぐようなら、うるせえぞって一言吠えてやりゃあいいんですよ。そうしておいて、夜ちょっと頑張ってやりゃあ、勝手に盛り上がって今まで以上に社長にメロメ…って、社長!?」

鷹嘴が寄越した人間だろうと、知ったことか。煙草を取り出す代わりに、中年男の足を蹴り払う。悲鳴を上げた男を振り返りもせず、狩納はアスファルトを踏んだ。

寝室の扉をくぐろうとして、足を止める。

開け放たれた衣装部屋《ウォークインクローゼット》に、人の気配があった。一人で生活していた頃には、絶対にあり得なかったことだ。だが今では、自分以外の人の気配にもすっかり慣れてしまった。

ネクタイをゆるめ、衣装部屋を覗き込む。

こんな時間に帰宅できたのは、久し振りだ。先週は鷹嘴の人捜しにつき合わされ、無駄な時間を使った。週が明けても忙しかったが、今夜は思ったより早く仕事を片づけることができたのだ。

見下ろす視線の先で、小柄な体が床に膝をついている。

ほっそりとした、背中だ。

薄手のニット越しに、肩胛骨《けんこうこつ》の影が浮かんで見える。左右に揃った骨は形がよく、腕の動きに合わせてその影が形を変えていた。屈んでいるせいで丸くなった背骨を辿れば、華奢な首筋に行き着く。明るい色の髪がこぼれるうなじは、はっとするほどに白い。獣のように這い寄って、そこに歯を突き立ててみたくなる。

ぞろりと腹を舐めた衝動に、狩納は短い息をもらした。

つい先日も同じ欲望を抱き、当然のようにそれを満たしたばかりだ。だが決してつきることのない熱量に、唇が歪む。

「あ、お帰りなさい、狩納さん。お風呂、準備できてますよ」

高い位置から見下ろす視線に、ようやく気づいたらしい。琥珀色の瞳が、驚いたようにこちらを振り返った。

とろりと甘い、蜂蜜のような瞳だ。

煮詰めたようなその色に、媚《こ》びる光はまるでない。穏やかに瞬く目は、どこまでも澄んでいる。その清潔さは、綾瀬の容貌をよりいっそう繊細なものに見せていた。

白い手が、衣装棚の抽斗を開く。狩納のシャツが収められた、幅広な抽斗だ。丁寧に動く手を眼で追って、狩納は眉間に皺を寄せた。

見覚えのある薄青いシャツを、綾瀬が抽斗へと収める。それは先日、狩納が身につけていたものだ。

「明日、これを着ますか?」

狩納の視線に気づいたのか、綾瀬が首を傾ける。

やわらかに響く声には、なんの含みもない。

あのシャツに真っ赤な汚れを残し、狩納が帰宅したのは先週のことだった。業者には任せず、諦念《ていねん》とほんのわずかな期待と共に、ランドリーボックスへと突っ込んだ。その後の展開は、予想した通りだった。

綾瀬の態度は何一つ変わらず、女との関係を詰られたりもしていない。シャツの汚れに関し、話題に上ることさえなかったのだ。

やっぱりか。

そう納得した自分にこそ、唸りがもれる。

俺は仏か。

いや、むしろあれだ。このまま解脱《げだつ》を迫られているのかもしれない。ぎりぎりと奥歯を噛み、狩納は衣装部屋へと踏み込んだ。

「明日着る服は、一応こっちに…」

こっちに用意してあると、教えるつもりだったのだろう。きちんとたたんだシャツを示した綾瀬を、狩納は右手で摑んだ。

「狩…」

驚くのも構わず、腰に腕を回して引き上げる。己の平らな腹と、無防備な背中とが簡単に密着した。

「服のことはいい」

「でも、これ片づけないと…」

大粒の目を瞬かせる綾瀬は、まだ状況を呑み込めていないらしい。そっと腕から抜け出ようとするのを許さず、狩納は薄い肩に歯を立てた。

「わ…っ」

色っぽいとは言いがたい声ごと、掬い上げる。嘘のように軽い体を引っ摑み、寝台へと放った。

数歩で、移動できる距離だ。床でおっぱじめたところで問題はないが、利便性を考えれば寝台も悪くない。なんにせよ、綾瀬の頭を撫でて一人で風呂に消える気にはなれなかった。

「どうしたんです、一体」

目を白黒させている綾瀬を、正面から覗き込む。整えられた寝台に膝で乗り上げると、四つ足の動物にでもなり下がった気がした。それでも仏になるよりは、余程ましだろう。

ずいと腕を伸ばし、小作りな顔を両手で包む。痩せた肩がふるえたのは、一瞬のことだ。狩納の手が与えるものが恐怖だけでないことを、綾瀬は学び始めてくれている。

「即身成仏になる気はねえって話だ」

「……お腹《なか》が、減ってるんですか…？」

低く唸った狩納に、綾瀬が首を傾けた。言葉の意味を探ろうとする生真面目《きまじめ》さに、唇の端が吊り上がる。笑い、狩納は健気《けなげ》な皺を刻んだ眉間へと唇を押し当てた。

「狩納さん…？」

顔は、神経が集中する場所だ。分かりやすい、性感帯でもある。繰り返し頬骨に口づけると、自分を呼ぶ声に焦りが滲んだ。

この体勢が、そして熱心な口づけがなにを意味するのか。それが分からない綾瀬ではない。狩納が、教えたのだ。こんな形で寝台で重なり合えば、することなど一つしかなかった。

見せつけるように口を開いて、がぶりと耳殻に歯を立てる。いきなり耳を囓られるとは、思っていなかったのだろう。あ、と細い声を上げた綾瀬が、体の下で動きを止めた。

「どうした」

尖った犬歯で、がじがじと耳朶を挟む。伸しかかる狩納の胸板に圧迫され、綾瀬がすん、と鼻を蠢《うごめ》かせた。

「い、いいえ、なにも…」

なにも、なんてわけがあるか。

狼狽《うろた》える綾瀬は、まだ目を白黒させたままだ。上目に確かめ、華奢な腰を手探りする。

動きやすい部屋着を身につけている綾瀬は、ベルトを巻いてはいない。明確な意図を持って履き口に指を引っかければ、琥珀色の瞳が揺れた。

狩納がなにを求めているか理解できても、綾瀬は進んで着衣を脱ぎはしない。焦らしているのではなく、そんな発想そのものがないのだろう。ただ狩納の手を拒むことなく、明け渡す。それが綾瀬にできる、精一杯の意思表示なのだ。

慎ましいにもほどがある。

何故もっと、自分を欲しがらない。

それこそ嫉妬に目を眩ませ、形振《なりふ》り構わず狩納を詰るほどにだ。

全くわがままで、言いがかりに等しい欲求でしかないことは知っている。実際それを実行した女たちを、今までの自分は許してきたのか。いや、そんなわけはない。分かりきったことなのに、殊《こと》綾瀬に関してだけは自分はどこまでも飢えていた。

この瞬間だってそうだ。衝動のままに、声を荒げて追い詰めてしまいたくなる。欲求は、はっきりとあった。

だがただ乱暴に打ちのめして、なんになる。一方的に綾瀬を怯えさせたところで、この渇きは癒《い》やされない。痛めつけ食い散らかすだけでは、満足などできないのだ。

「尻を、上げろ」

低めた声で、誘う。

男が作る影のなかで、綾瀬が困ったように瞬いた。

履き口を引っ張ってやると、逃げ場がないことを悟ったらしい。こく、と喉を鳴らした綾瀬が、怖ず怖ずと薄い腰を持ち上げた。

「ん…」

何度抱いても、この体は羞恥を捨てきれないらしい。それが歯痒くもあり、恥ずかしさに堪えながらも自分を許す様子に興奮した。

下着ごと指に引っかけ、ずるりと引き下ろす。足を使って足首をくぐらせると、薄い背中が逃げるように寝台へ戻った。

「まだだ」

薄い腰を摑んで、うつぶせに転がす。何事かと戸惑う腰に腕を回し、覆い被さる自分ごとごろりと体を反転させた。

「ちょ、狩納さん…⁉」

大きく視界が回っただろう綾瀬が、驚きに声を上げる。小柄な綾瀬を自由にするなど、狩納には造作もないことだ。寝台に仰向けに転がって、体の上に痩軀を引き上げる。それだけで、薄い胸が為す術もなく狩納の腹部に落ちた。

「っ、あ…、な、なんですかこれっ」

「体位の話か？」

腿をしっかりと摑んで、引き寄せる。

寝転んだ狩納の上に、向かい合う形で綾瀬が乗り上げていた。ただし狩納の眼前には綾瀬の尻があり、綾瀬の顔が落ちているのは男の腹部だ。

慌てて這い逃れようとする腿を摑んで、眼の前の尻をぺちんと張る。

「ひ…」

無論、痛みなど与えない。だが裸の尻に掌が当たると、小気味よく派手な音が鳴った。

「た、体位って…」

「逆さ椋鳥《むくどり》だったたか？　初めてじゃねえだろ」

打った尻に、今度は宥めるように唇を押し当てる。

枕とクッションを背中の下に敷き込むと、視界が持ち上がって丁度具合がよくなった。

頑丈な狩納の胸板を跨《また》がされた綾瀬は、当然大きく膝が開いてしまっている。緊張にぴんと強張った尻が、普段の恥じらいを忘れ眼の前に晒け出されていた。

「い、嫌ですよ、こんな…っ」

どうにかして足を引き抜き、狩納の上から下りようと綾瀬がもがく。だががっちりと腿を抱えてしまえば、体を起こすことも難しい。ベッドヘッドを手探りし、狩納は眼の前の光景をじっくりと眺め回した。

日焼けも肌荒れもない肌は、いかにも美味そうだ。腹這いで逃げようとするたび、小振りな尻がつんと上を向いてしまう。その中心では、皮膚とは違う色をした粘膜が慎ましやかに口を閉じていた。

「あ…っ」

無骨な指を食い込ませ、ぎゅっと左の尻臀《しりたぶ》を摑む。力を入れて割るまでもなく、裂け目に隠された粘膜がはっきりと眼に映った。放射状に寄った皺は繊細で、淡い色をしている。注がれる視線をありありと感じてか、尻穴が切なそうにひくついた。

きつく眉間を寄せ、綾瀬は恥ずかしさに耐えているのだろう。ここからでは見ることのできない苦悶の表情を思い描き、狩納はそっと尻穴を撫でた。

「っぁ…」

押し潰してしまわないよう、いつもは加減して組み敷くことの多い体が、今は自分に体重を預けて呻いている。肘や膝で懸命に支えようとはしているが、胸や腹に感じる綾瀬の重みは新鮮で心地がよかった。

「丸見えだな」

言葉で教え、開いた尻臀に口を寄せる。ちゅっと割れ目に唇を当てると、泣きそうな声がもれた。

「や、そこ…」

引こうとする腰を摑んで、桃でも囓るように口を開く。腹を満たそうとする、動物と同じだ。仏になど、どうあってもなるつもりはない。やわらかな肉に歯を立てて、口腔に引き込むようぢゅっと強く吸ってやる。

「んんぁ…」

何度か顎を使って、甘く嚙んだ。より多く口に含んでやろうと角度を変えれば、鼻にかかった声がもれてくる。

「狩納さ…、下ろし、て…」

つるんとやわらかな尻は、歯応えも舌触りも最高だ。いつもはあまり触れる機会のない腿と尻の境界に吸いつくと、きゅ、と尻の穴までもが緊張した。

期待、しているのか。

にやつき、狩納は陰嚢の裏側に舌を伸ばした。

「あっ、あっ、や、狩…」

緊張と興奮に、薄い皮膚が張り詰めている。尖らせた舌でその感触を味わって、上下に細かく舐め回した。尻穴に届く場所まで唾液でぬらし、繰り返し陰嚢の裏に唇を押し当てる。

今夜はまだろくに唇へ口づけてさえいないのに、綾瀬の尻は狩納の歯形で赤く染まりそうだ。ずぞ、と音を立てて会陰を吸うと、もっとと強請るように尻が下がった。

「ひ…あ…」

褒める代わりに、べろりと大きく舐めてやる。

平らにした舌が尻穴の表面を撫でた瞬間、抱えた体がびくんと跳ねた。

まるで軽く、達しでもしたようだ。可愛くて、焦らしたりせず尻穴を小突く。指でそうするように舌先で穴を割ると、綾瀬が男の下腹に額を擦りつけて身悶えた。

「…あっ」

性感というよりも驚きに、抱えた瘦軀がしなる。

勃起した肉に、額がこすれたらしい。当然だ。綾瀬を抱え、狩納の股間はすでに形を変えていた。

びっくりしたように、綾瀬がそこを見詰めているのが分かる。口を半開きにしているだろう瘦軀を揺さぶり、狩納は己の股座に手を伸ばした。

「暇だったか?」

がちゃがちゃとベルトをゆるめ、突きつけてやる。毟るように釦《ボタン》を外しても、綾瀬は凍りついたように股間を注視したままだった。

「お前も少し、手ェ貸せよ」

口もな。

笑い、ファスナーを下ろせば、窮屈な下着のなかで陰茎が跳ねた。びく、と腹の上で綾瀬がおののく。それでも顔を背けられないのは、綾瀬にも期待があるからだ。右手だけで下着を押し下げると、ぶるんと太い陰茎が飛び出した。

「っ…」

目を逸らせずにいることを、狩納に悟られていないとでも思っているのか。注がれる綾瀬の視線とその鼻先で、狩納は重い肉を揺らしてやった。

「さっさとしろ」

無造作な言葉とは裏腹に、声色には甘さを混ぜる。唾液まみれになった尻をぺちんと打つだけで、腹に落ちる重みが増した。もう手足を踏ん張って、体を支えることも忘れたらしい。

あ、と声をもらした綾瀬が、背中を押されたように目の前の陰茎に手を伸ばしてくる。

「…狩…」

最初に触れられたのは、裏筋だ。

陰嚢ごと包むように、少しひんやりとした指先が絡んでくる。恐る恐る、という言葉の通り、どう握ればいいのか分からない様子で、薄い掌が陰嚢を持ち上げた。

「んぁ…っ、駄目…」

もう一度腰を摑んで、尻穴へと舌先をこじ入れてやる。陰茎に気を取られていたのが、災いしたらしい。もっちりとしてきつい筋肉の輪が、わずかに舌先の侵入を許してしまう。皮膚とは違う舌触りと熱っぽさに、狩納の陰茎が力を増した。

「あぁ、や…、入、る」

尻を引いて綾瀬が前に逃げれば、眼前にそそり立つ男の陰茎に顔を擦りつけることになる。陰茎に健気に絡んだままの指に気をよくし、狩納は枕元からちいさなチューブを引き寄せた。器用に栓を開いて、つぷりと直接尻の穴へと押しつける。

「ひァ…」

唐突に含まされたプラスチックの口に、綾瀬がぶるっ、とふるえた。鼻先で悶える様子を楽しみながら、中身が少なくなったチューブを握り潰す。

少量の空気と共に、粘度の高いクリームが入り込むのが苦しいのだろう。びくびくと引きつる綾瀬の尻肉に、狩納は甘やかすよう唇を押し当てた。

「あっ、…あ、待って、狩納さん、待…」

焦りながら訴えてくるのを無視し、十分すぎるほどクリームを絞り出す。浅い位置からチューブを引き抜けば、ぷちゅりと肉の隙間からクリームがあふれ出た。

「口の使い方が違ぇだろ」

揶揄し、綾瀬の顔に当たるよう陰茎を揺する。唾液とクリームとで潤んだ穴に親指を擦りつけると、ぬぷ、と簡単に先端が埋まった。

「…あっ…」

ちいさな尻穴に、太く無骨な指が呑まれるのは興奮させられる眺めだ。普段は慎ましやかな穴が、指でいじられて性器に変わる。埋めた親指を横に引くと、ぬれて赤い内壁がぷるんと覗いた。

視覚的な刺激に弱いのは、男の性《さが》だ。健康そうな桃色をした肉は、つやつやと充血している。ぐっと頭を起こし、狩納は誘われるまま会陰を舌で覆った。

「ああっ、っ…、あ」

穴に入れた親指ごと尻を引き上げ、張り詰めた皮膚を舌で抉る。

指を入れられるだけでなく、外から舌で揉まれるのが堪らないらしい。親指を揺らし、探る動きで奥をいじれば尚更《なおさら》だ。ずっぷりとつけ根まで含ませると、狩納の股間に鼻先を擦りつけながら綾瀬が喘いだ。

縋るものでも求めるように、細い指が陰茎に絡む。懸命に、こすろうとはしているようだ。白い指が張り出した肉傘に引っかかり、何度も落ちる。咎めるように腰を突き上げれば、やわらかな唇や鼻面が陰茎にキスを落とした。

「おい、ちゃんと口開けてろ」

親指だけの刺激に飽きて、代わりに両手の中指を割り込ませる。左右に引くと、くぷ、と爆ぜるような音を立ててクリームがあふれた。指で詰めてもこぼれてくるそれを、もう一本指を加えて押し戻す。

「あぁぁ…っ…」

三本目に捻じ込んだ指が、腹側のしこりを潰したらしい。

シャツを隔てた狩納の胸板に、ぬるつく肉がこすれた。男の陰茎に顔を押し当て尻をいじられるだけで、綾瀬の性器もまたすっかり勃起しているのだ。

口元を歪め、突き入れた指をぐにぐにと曲げる。手加減せずしこりを転がしてやれば、そのたびに目の前の尻が卑猥に跳ねた。

「ひぁ…っ」

逃げたいのか擦りつけたいのか、綾瀬自身よく分かっていないに違いない。引っかけるように前立腺を掻くと、投げ出された脹ら脛がぶるぶると突っ張った。逆に、指を呑んだ穴がふわりとやわらぐ。だがそれも、一瞬のことだ。声にならない声を上げ、胸にぬれた感触が広がる。

「派手に汚してくれたな」

ふるえる尻を持ち上げると、その向こうに精液を垂れ流す性器が見えた。とろりとシャツに溜まった粘液をからかえば、綾瀬が身悶える。

こぼされた声は、動物の鳴き声めいて可愛い。

両手に包んで庇護《ひご》してやりたくもあり、思いきり歯を立ててやりたくもある。ぞくりとした衝動に負け、狩納は赤く色づいた尻肉に新しい歯形を刻んだ。

「…ぁ…、あ…」

のたうつ体を、ずるりと寝台に下ろす。狩納の指が尻穴から抜け出ても、綾瀬の指は健気にも男の陰茎に絡んだままでいた。

指を離れるのを惜しみながら、その薄い体へ覆い被さる。

「狩…さ、ぁ待…」

射精したばかりの体は、まだぐったりと重いはずだ。訴える痩軀をうつぶせにして、狩納は動物がそうするように綾瀬の尻へと陰茎を擦りつけた。

「俺には出させてくれねえ気か？」

わざとらしく眉を吊り上げ、身につけたままでいたシャツに手をかける。綾瀬の肌が汗ですべるのと同じように、狩納の額にも汗が浮いていた。

「ひ、っ、あ…」

「逆さ椋鳥っていう割に、口が留守《るす》だったからな。代わりに、こっちで頑張ってくれよ」

耳朶を噛んで、指で拡げた穴に陰茎を押しつける。

クリームでぬかるんだ粘膜は熱く、密着させただけで腰が動いた。

体格で勝る狩納は、当然その陰茎も大きい。小柄な綾瀬に挿入するには酷なほどだが、それでもこの体はいじらしく馴染んだ。

「あぁっ、んぁ、あ…」

ぬるつく筋肉の弾力を楽しみながら、ゆっくりと体重をかけて腰を進める。散々吸い、噛みついた綾瀬の尻は赤くなってはいるが、陰茎の色とは全く違った。清潔そうな粘膜をいっぱいに拡げ、膨らんだ亀頭が進む様子はグロテスクでさえある。壊してしまいそうだと思う反面、ぞくぞくとした痺れが指先までを満たした。

「…っ、あ、それ…っ…」

浅く引き出すと、摑んだ腰ごと綾瀬の体がびくんと跳ねる。

陰茎は、まだその先端を吞ませただけにすぎない。だが丁度段差のあたりが、綾瀬の弱い場所を圧しているのだろう。

ゆるく円を描くように腰を揺すれば、狭い穴が欲しがるように締まった。乾きづらいクリームのお蔭で、にゅる、となめらかに陰茎が穴を搔く。指でいじるような器用さは望めないが、それでも面白いように白い尻が跳ねた。

「あっ！　や、駄目…っ」

ぴっちりと穴を拡げる肉は、十分すぎるほどに太い。ごりごりと上から抉り回せば、敏感な内壁を満遍《まんべん》なく刺激してやることができる。膝が崩れ、位置が下がりそうになる尻を、狩納は何度も引き上げた。

「ちゃんと上げてねえと、抜けちまうだろ」

狩納の股座に自分から尻を押しつければ、綾瀬も欲しい角度に男の陰茎を誘導することができる。

だがそうするには、体力が足りないらしい。あるいは敏感すぎて、姿勢を保っていられないのか。くたりと力が抜けた腰に指を食い込ませ、狩納は先程よりも深く突き入れた。

「ああ…っ、んあ…、狩納さ…」

切迫した響きは、ひどく甘い。なにもかも、隠し立てようのない声だ。

右の尻臀を摑んで、ぐ、と割り開く。内側に巻き込まれそうな肉を限界まで拡げれば、てらてらとぬれた内壁の色が覗いた。こすられた粘膜は充血して、鮮やかな肉の色を濃くしている。

繋がっているのだと、視覚で確かめながら交接できるのはこの体位の利点だ。綾瀬が好む場所を捏ねるため腰を落とすと、とろけそうな気持ちよさが陰茎を締めつけた。

「っは、あ…、ぅ狩…」

浅い場所を二度三度、腰を回しながら軽く搔く。刺激に慣れる前に深く突くと、ぬぽ、と先程までよりも深く埋まった。

もうすっかり力が抜けた綾瀬は、ただ喘いでいるばかりだ。

剝き出しの白い尻に、平らな下腹が何度もぶつかる。これが互いに裸であれば、しっとりとぬれた肌を味わうことができただろう。惜しいと思っても、それより埋めた陰茎の感覚に意識が集中した。

興奮に押し上げられ、背中を汗が流れる。抜け出そうな位置まで引き抜いた陰茎を、狩納は尻へと打ちつけた。

「あ、あ…っ、無理…、そんな…」

腸壁の奥の奥に陰茎がぶつかると、突っ伏す体ががくがくとふるえる。さすがに行き止まりと思える場所を小突かれるのは、恐ろしいらしい。内臓を揺さぶられる衝撃に耐える体も、真っ赤に腫れた尻の穴も、自分だけのものだと思うと言いようのない心地好さが背筋を脅かした。

「…っ、出すぞ…」

短く教え、いっそう強く腰を叩きつける。

もっと長く、堪えていたい。そう思うと同時に、放出は堪らない快感だ。自分を締めつける肉の感触に眉根を寄せ、狩納は迫り上がる熱に身を任せた。

「ぁっあ、狩…」

動きを止めず奥を捏ねれば、陰茎を包む穴がきつく締まる。低い唸りを背中に注いで、最後の一滴までをも腸壁になすった。

「…ふ、…あぁ、は…」

壊れそうな呼吸を真下に聞いて、狩納もまた深い息を絞り出す。繋がった体のまま綾瀬の股座を探れば、そこはぬるりと汚れていた。

「この格好でも、ちゃんと満足できたみてえだな」

腹の底を食い荒らされ、それでも快感を得ていた綾瀬に唇の端が吊り上がる。なにも知らなかった体が、今は陰茎を咥え、涙を流しながらも健気に達するのだ。

これを、喜ばない奴がいるか。射精の解放感と同じくらい、精神的な充足に息を吐く。まだ忙しなく上下する背中に唇を押し当て、狩納はずるりと陰茎を引き出した。

「あ？」

汚れた服を脱ごうとして、その動きを止める。

力なく崩れ落ちた綾瀬が、すぐ膝先で胸を喘がせた。起き上がる力もないまま、ぬれた目が瞬く。

無意識の、動きなのか。狩納に額を寄せた綾瀬が、くん、と鼻を鳴らした。整いきらない息の下から、琥珀色の目が男を映す。

涙の膜に覆われた目は充血し、とろりとぬれて美味そうだ。

だがそれは、続きを欲しがる目ではない。

むしろ思案するような、探るような色はこんな空気にはまるでそぐわなかった。

そういえば、綾瀬は先程も似たような目をしてはいなかったか。

訝った狩納の視線の先で、すん、ともう一度綾瀬が鼻を蠢かした。

「どうしたんだ、お前」

「……え？」

汗を拭いもせず覗き込めば、琥珀色の目が瞬く。

「なにが苦になる？」

狩納に額を寄せる姿は、動物が匂いを嗅ぐ仕種に似ていなくもない。

嗅覚は、麻痺しやすい器官だ。それでもこれだけ汗を流せば、気にもなるだろう。無論、汗以外の匂いもだ。

「…い、いえ…、苦になる、ってことは…」

やはり、無意識だったと言いたいのか。眉根を寄せ、狩納は戸惑っているらしい綾瀬の内腿を掌で拭った。

「ん…、ぁ」

「じゃあ、なんだ」

尋ねはしたが、特別問い質《ただ》そうと思ったわけではない。いや、つい今し方まで、あれほど深く繋がっていたのだ。それにも拘わらず、何事かに意識を引きつけられた様子の綾瀬が、気にならないわけはない。

舌打ちをもらし、狩納は自分の胸元に眼を落とした。

汗のせいだけでなく、シャツはべったりとぬれている。綾瀬が性器をこすりつけ、吐き出した結果だ。男の視線に気づいたのか、綾瀬がびくりと睫を揺らす。自分が狩納に跨り、どう腰を振ったのか。改めて、それを思い出したらしい。しっとりと汗ばんだ肌が、性交の最中と同じように赤味を増した。

「言えよ。なんだ、今のは」

額に口を寄せ、尋ねてやる。

「なに、も…」

「嘘をつくな」

短く断じ、精液をあふれさせている尻穴を撫でた。苦もなくもぐった指先に、ひくんと白い尻が撥ねる。

「っ、あ…」

「言え。なんだ」

「…あ、っあ…、あの、に、匂…」

追い詰められた唇が、匂いが、と細く訴えた。自分の唇からこぼれた声に、綾瀬がぎゅっと強く目を瞑る。

「臭ぇのか」

「違…っ、あ、今日、は…」

「今日は？」

眉をひそめ、汚れた尻穴をゆるく掻いた。散々こすった穴はふっくらと腫れて、その入り口をゆるませたままだ。つい指の動きを止められず、ぬるつく場所に中指が深くもぐってしまう。

「あっ…」

「今日は、なんだってんだ」

掻き混ぜる必要もなく、太い指を押し込むだけでくぷくぷと精液が垂れた。あたたかな穴は、たった今まで陰茎で味わっていた性感をありありと思い起こさせる。前立腺に触れないよう指を遊ばせると、綾瀬が男の手首を摑もうともがいた。

「ぁ、匂い、が…、しない、から…」

「煙草のか？」

喫煙者である狩納は、全身に苦い匂いが染みている。思わずくん、と鼻を鳴らした男に、綾瀬が呻いた。

「……香、水」

聞き取れないほど弱い声に、右の眉が吊り上がる。

「つけてねえだろ。そんなもん」

整髪剤を使うことはあっても、狩納は香水など身につけてはいない。綾瀬だってそうだ。言葉の先を求めて覗き込むと、ぬれた唇がちいさく動いた。

「…狩納さん、から、匂いがして、それで…」

「いつの話だ」

「…この、前、先週…」

思い当たる節が、ないわけではない。舌打ちを呑み、狩納は記憶を手繰《たぐ》り寄せた。

鷹嘴に面倒を押しつけられた、あの頃か。

逃げたホステスの勤務先を訪ねた際に、同僚の女たちから媚びた仕種でしなだれかかられた。閉口したが、珍しいことではない。腕に絡みついてきた女からは、きつい香水の匂いがしていたはずだ。綾瀬に指摘されるまで、そんなことすっかり忘れていた。

「香水臭ぇのが、嫌だったのか」

あの夜も、風呂も使わず綾瀬と寝台に雪崩《なだ》れ込んだかもしれない。寝具に匂いが移るのが、嫌だったのか。納得した狩納に、綾瀬がくしゃりと顔を歪ませた。

「嫌って、言うか…」

歯切れの悪さに、眉根が寄る。なんだ、と指を進めて問えば、琥珀色の瞳が大きく揺れた。

「…ぁ、なん、か、気になって…」

なんか、とはなにがだ。

唸ろうとして、狩納はぎくりと息を詰めた。

まさか。

いや、もしかして。

先日湧いたものと同じ疑念と希望とが、喉を塞ぐ。

まさか綾瀬は、狩納が持ち帰った女の気配に苦しめられていたというのか。

寝台が汚れるだとか、嫌な匂いだったとか、そんな理由からではない。狩納が女と会っていたというその事実に、気を揉んでいたのか。

想像した途端、ぞくりとなにかが左胸を蹴り上げた。紛《まぎ》れもない、高揚《こうよう》だ。

同時に、後頭部で喚く声がある。

待て、と。

待て。本当に、そんな理由なのか。

綾瀬が嫉妬するなど、あり得るのか。自分ではあるまいに。

冷静すぎるその声を、全く笑い飛ばせない。それは、真理でもあるからだ。

「俺一人だけ女がいるような店に行って、女を触りまくって、浴びるほど酒かっくらって遊んでくるなんて、そんなのずりいってそう思ってやがるのか？」

一息に、捲し立てる。

実際綾瀬は、嫉妬しているのかもしれない。

だがそれが、女に対するものであると何故断言できる。もしかしたら、嫉妬の対象は狩納であるかもしれないのだ。

我ながら、楽観できないにもほどがある。分かってはいるが、否定できる理由はどこにもないのだ。

真顔で詰め寄った狩納に、綾瀬がこぼれそうな目を瞬かせる。

「……………浴びてきたんですか、お酒」

「仕事に決まってるだろう！　鷹嘴に野暮用を頼まれて、あいつの馴染みだった女を捜してただけだ。質《たち》の悪ぃ女で、香水臭ぇは暴れるは、俺は大体酒なんか一滴も飲んでねぇ」

全て、真実だ。

しかしこんな言い訳を叫んでいる時点で、度しがたい。吠える勢いで否定した狩納に、綾瀬がちいさく息を呑んだ。

疑いと軽蔑の目を、向けられるのか。愚かにも身構えた男の眼前で、ふにゃり、と琥珀色の瞳がゆるんだ。

「なん…だ、そう、だったんですか…」

絞り出された声は、これ以上ない安堵に満ちている。

一体今の話のどこに、安心できる要素があったというのか。続けざまに吠えようとして、狩納はどんな言葉も出てこない自分に気がついた。

「狩納、さん、…ほら、この前もシャツ、汚してきたし…」

それはほとんど、声とは呼べないものだ。

尻をいじられたまま、くったりと綾瀬の体から力が抜ける。疲労に後押しされたのか、白い瞼がぬれた瞳の半ばを覆っていた。

「シャツって、お前」

先程綾瀬が抽斗に片づけていた、あれのことか。

やはり綾瀬は、口紅の汚れに気づいていたのだ。話題にこそしなかったが、無関心でいられたわけではないらしい。

「…シャツは、きれいになったんです、よ…。でも俺、なんて、言うか…、もや…？　っと、する、っていう…か…」

声に、寝息が混ざる。

狩納が問い詰めなければ、こんな胸の内を、綾瀬は言葉にするつもりはなかっただろう。今でさえ、声にしている自覚があるとは思えない。

不器用に言葉にされた、ちいさな棘《とげ》。名前をつけるとしたら、それはなにか。

狩納の胸に始終巣くう、制御しがたい感情と同じではないのか。

「おい、綾瀬。もやっとするって、てめえ」

大体なんで、語尾が上がった疑問形なんだ。すっかり瞼を落とした綾瀬の顔を、ぺちぺちと軽く打つ。痛みなど微塵もなかったはずだが、琥珀色の目がとろんと瞬いた。

蜜のように甘い瞳は、こんな時でさえどこまでも透き通っている。この目のなかに、果たして嫉妬などというものが存在するのだろうか。

馴染みのない香水の匂いに気づき、次の晩も、その次の晩も無意識に確かめずにはいられない。そんな感情の正体を、狩納は誰よりもよく知っていた。

「そいつは…」

嫉妬したのか、と、ただ一言問えばいい。

そうすれば綾瀬は驚いたように目を瞠り、戸惑いながらも頷くかもしれなかった。どれだけ汚しても清潔なままのこの体に、狩納と同じ感情の片鱗《へんりん》を抱えているのだと、教えてくれるかもしれなかった。

簡単なことなのに、声にはできない。

たった、一言だ。

そのたった一言が、胸郭を暴れ回って肺腑《はいふ》を蹴り上げる。叫んでしまいたい気持ちと同じだけ、耳を塞ぎたい。そう、聞きたくないのだ。臆病者と罵られようと、それが狩納の真実だった。

「狩…」

肯定も否定もかなぐり捨てて、痩せた体を掻き寄せる。

ぼんやりと瞬いた瞳が、驚きに揺れた。自分を呼ぶはずだった唇を、口で塞ぐ。文字通りに牙を剝いて、狩納は細い首筋にかぶりついた。

「…おう。二時間もあれば、帰れるはずだ」

携帯端末越しに、短く告げる。腕の時計に眼を落とすと、知らず息が解けた。

気づいたらしい電話の相手が、どうかしましたか、と尋ねてくる。ちいさく首を傾げる綾瀬の姿が目に浮かび、狩納は口元の笑みを深くした。

「いや、改めて、シャツがすげえきれいになってたなと思ってよ」

意図的に、声を落とす。

時刻を確かめて、笑ったわけではない。眼に入ったシャツの白さに、息がもれたのだ。丁寧に洗濯されたそれは、こんな時間になってさえ心地好く糊《のり》が利いている。全ては、綾瀬の手によるものだ。

数秒遅れて、電話の向こうで少年が息を詰めたのが分かる。きっと、顔は赤く染まっているはずだ。にやつき、狩納は染み一つないシャツに手で触れた。そうなる以前のこれは、大変に酷いありさまだった。もう、三日も前のことになるのか。

週明け早々、狩納は細い体を貪りつくした。うとうとと眠りに落ちようとしていた綾瀬を引き戻し、声が出なくなるまで揺さぶり続けた。最後は、目を開ける力もなかったらしい。それ以上に干涸《ひか》らびて皺になり、ごみ同然に床へ投げられたシャツは哀れなものだった。

投げ捨てたのは、言うまでもなく狩納だ。全裸になる頃には、頭にあったのは組み敷いた肢体のことだけだったのだから仕方ない。

翌朝目を覚ましても、シャツのことなど狩納は思い出しもしなかった。

昼近くに起き出し、よろよろとシャツやらシーツやらを回収したのは綾瀬だ。クリームや体液で汚れたシーツも、惨澹たるものだったらしい。しかし最も綾瀬を打ちのめしたのは、この白いシャツだった。

狩納自身の汗も吸ってはいたが、乾いてかぴかぴにこびりついていたのは、他の誰のものでもない綾瀬自身の精液だった。

「あんなに派手に汚したのに、すげえもんだな」

にやにやと笑いながら、褒めそやす。尤も、所詮《しょせん》は血や墨などではなく精液だ。

汚れを取ること自体には、苦労しなかったと聞いている。しかし精神的には、それ以上のものがあったようだ。

翌日、昼に一度戻ったマンションで、狩納は悄然《しょうぜん》と項垂れる綾瀬を見つけた。手に握られていたのは、自身の精液で汚れた狩納のシャツだ。

「暴れた拍子に偶然ぶつかって、口紅が移っちまうのとはわけが違ぇからな」

電話の向こうで、ああ、とかうう、とか唸っている綾瀬に、嘆息してみせる。

そうだ。ただ顔がぶつかったり、しがみつかれるのとはわけが違う。これ以上なく親密な接触によって、綾瀬は狩納の胸元を汚したのだ。

「できる限り、早く戻る。そしたらまた、好きなだけ汚していいぜ」

他の誰でもない。お前が。

響きのよい声で告げると、息を呑む気配が伝わった。ば、莫迦なこと言わないで下さい、と訴えられたが、そんなもの可愛いだけだ。通話を終え、革靴に足を突っ込む。

嫉妬してくれたのか、と。

結局その一言を、狩納は今日に至っても尋ねられずにいた。全く、不甲斐ない。不甲斐ないが、自分が持ち帰った他人の気配によって、綾瀬の胸にささやかな波紋《はもん》が生まれたのは事実だ。

それがうつくしい感情によるものでなかったとしても、狩納にとってこれ以上好ましいことはなかった。その上で、あれだけ好き放題綾瀬を食い荒らしたのだ。まだ不満があるなどと言えば、綾瀬はどんな顔をするのか。

それこそ温厚な彼でさえ、洗濯の鬼どころではなくなるかもしれない。

思い描き、にやりと笑う。

週明けに満たした腹も、そろそろまた空き始めている。解脱からはほど遠いが、望むところだ。

今夜は煩わしい香水の匂いなどではなく、なにか甘いものでも買って連れ帰るか。まだ痛むらしい腰をさすってやって、その後はまた互いの衣服を汚し合うのだ。

「狩納社長！　先日はお疲れ様でした。お。なんだか今日はご機嫌ですねぇ」

投げられた声に、足を止める。

車寄せに出たところで、知った顔が近づいてきた。先日狩納と共に鷹嘴の仕事を片づけた、あの中年男だ。今日は狩納が鷹嘴の元に立ち寄ると聞いて、わざわざ挨拶に出てきたのだろう。

「ははあ。その様子だと、コレはコレじゃあなかったってことですか」

先日と同じように、男がにこにこと小指を示し、額の上に人差し指を突き出した。

よくそんな話を覚えていたと呆れるべきか、勘がいいと舌打ちすべきか。そのどちらかを選ぶより早く、男がしたり顔で頷いた。

「いや、違うか。コレがこうなったとしても、狩納社長のことだ。やっぱりそこはびしっと、黙らせてやったわけでしょう？」

確信を込め、中年男が顎をさする。

「今の世のなか、コレの尻に敷かれて喜んでやがったり、焼き餅《もち》焼かれて嬉しいだの、そんな糞《くそ》みてえなことででれでれしやがるやわな野郎も多いらしいんですよ。なんですかねえ、そんな阿呆は。相手の束縛に愛を感じるなんて、普段どんだけ愛されてないんだって話じゃねえですか。コレの顔色窺って、浮気だ嫉妬だ下らねえことで一喜一憂するなんて、男としてあり得ねえ話ですよ。まあそんなこと、コレに惚《ほ》れられまくってる狩納社長には縁のない話でしょうけど」

豪快に笑った男が、同意を求めて狩納を見た。

だがその視界に、狩納の形相が正しく収まっていたかは確かではない。深く腕を組んだ中年の男が、一人機嫌よく首を振った。

「大体、相手の気持ちってやつでさえ、きちんと確かめられねえ男も多いって話ですからねえ。意気《いく》地《じ》がねえにもほどが…」

意気地がなくて、なんだと言うのか。

勿論狩納は、その言葉の続きを聞きたかったわけではない。聞く気も、なかった。

左足が、鉈《なた》のように宙を切る。先日よりはるかに容赦のない蹴りが、中年男にめり込んだ。

寝ても、覚めても。

「綾瀬」

その名を呼ぶことに、躊躇はなかった。

何故なら、綾瀬だからだ。眼の前に立つのが綾瀬雪弥であることを、狩納北は確信していた。

だが、少しだけ違う。

そう、違うのだ。

「どうした。なにがあった」

問いかけた声に、焦りが滲む。当然だろう。そこに立つ綾瀬は、狩納がよく知る綾瀬とは少し違った。その上、泣いているのだ。

大きな琥珀色の瞳は、いつだってとろりとぬれたように輝いている。甘ったるい、菓子みたいだ。それでいて、その光に媚びる色はない。澄んだ瞳は、どこまでも無垢《むく》だ。そんな瞳から、今はぽろぽろと大粒の涙がこぼれていた。

「どこか痛ぇのか？　それとも誰かになにかされたのか」

声に出すと、怒りが込み上げる。

なにが、こいつを泣かせたのか。あるいは、誰が。歯を剝いた狩納に、綾瀬が驚いたように目を瞬かせた。

長い睫に溜まった涙の粒が、跳ねる。よく知った、仕種だ。そう思うと同時に、最初に感じた違和感の正体に気がついた。

狩納が生活を共にするのは、十代の大学生だ。だが、今目の前に立つ綾瀬はどうか。

小柄で華奢な体つきに、変わりはない。くすみのない肌の白さも、同じだった。だが果たして彼は、何歳なのか。

奇妙すぎる疑問に、唸りがもれる。

綾瀬の年齢が唐突に変わるなど、あり得ない。分かってはいるが、自分を見上げる綾瀬は十代の学生には見えなかった。

二十代の、半ばだろうか。

綾瀬は年齢より幼く見えるから、実際はもう少し年上かもしれない。目を凝らせば、見慣れた姿よりいくらか髪が短いことが分かった。さっぱりと整えられた髪の間から、形のよい耳が覗いている。思わずつまんでみたくなるそれに、陶器でこしらえたような顎の線が続いていた。

厳つさは、まるでない。だが馴染みのない落ち着きと確かさが、穏やかな輪郭に滲んでいた。

「いえ、あの、俺…、ドラマを見てて…」

狩納の剣幕に、気圧《けお》されたのか。驚きを拭えない様子で、綾瀬がぬれた頬に手を当てた。

「……ドラマ？」

「そう、なんです。…恥ずかしいな、俺、まさか狩納さん、戻ってたなんて…」

困ったように、綾瀬が笑う。

おおらかな、笑い方だ。普段から、綾瀬には刺々《とげとげ》しさなど微塵もない。だが同時に、繊細な少年は狩納の怒声一つに戸惑いを覗かせた。今だって狩納がよく知る綾瀬ならば、きっと動揺に声をふるわせただろう。しかし見下ろす面差しに、怯えの影はない。むしろおっとりと笑う口元には、余裕さえ読み取れた。

余裕。

頭に浮かんだ言葉の意外さに、思わず眼を剝く。

「…驚かすんじゃねえよ。俺はてっきりどっかの莫迦が、てめぇになにか悪さでもしたのかと思ったぜ」

なんにせよ、綾瀬の涙が苦痛や悲しみによるものでないなら幸いだ。大きな息を吐いた狩納に、綾瀬がぬれた睫を揺らした。

「…どうした？」

不思議そうなその色に、狩納が首を傾ける。綾瀬が応えるのを待たず、狩納は手にしていたビールを差し出した。

「取り敢えず、座れ。飲むか？」

狩納が手にした小瓶は、心地好く冷えている。

よく知った、銘柄だ。これは、夢なのか。そうであれば、よくできている。

夢を見ること自体は、特別珍しくない。だが今夜は、いつになく鮮明だ。視線の動きだけで、狩納はぐるりと部屋を見回した。

視覚からの情報より先に、直感がここが食堂《ダイニング》であることを教えてくれる。食堂と一続きになったその向こうは、居間なのだろう。構造に覚えはあるが、家具のいくつかは初めて眼にするものだ。

「…いいんですか？」

ビール瓶を見下ろした綾瀬が、大粒の目を瞬かせる。

なにをそんなに、驚くことがあるのか。狩納が知る綾瀬は、ビールを差し出してやればいつでもぱっと目を輝かせた。五年かあるいはもういくらか年上か知らないが、成人した綾瀬には酒を嫌う理由があるのか。

いや、もしかしたらこれは、自分が知る綾瀬ではないのかもしれない。

真剣に疑った自分に、狩納は思わず眉間を歪めた。自分が知る綾瀬もなにも、これが夢ならそもそもそこに明確な道理や理屈など存在するはずがないのだ。

「飲まねえのか」

「飲みます…！」

弾かれたように、綾瀬が頷く。涙を拭った青年が、狩納を居間へと促した。

「座っていて下さい。なにか、つまめるもの用意しますね」

自炊とは無縁だった狩納に対し、綾瀬は台所《キッチン》に立つことを苦にしない。言うが早いか踵を返した綾瀬を眼で追って、狩納は居間へと足を向けた。

革張りのソファは、やはり見覚えのないものだ。家具や住まいといったものに、狩納は特段こだわりを持たない。そんな男の眼から見ても、落ち着いた色合いのソファは悪くなかった。大柄な狩納を受け止めてさえ、ゆったりとしたそれは軋み一つもらさない。綾瀬の、趣味なのだろうか。窓際には、いくつかの鉢植えが並んでいた。

「簡単なものばかりですが、大丈夫でしたか？」

盆を手に戻った綾瀬が、卓《ローテーブル》へとカッティングボードを置く。簡単、と言った通り、オリーブの木を切り出したボードに盛られているのは乾き物やピクルスたちだ。果物の器を並べた綾瀬が、狩納の隣へと腰を下ろす。

「…足りませんでした？」

自分は余程、難しい顔をしていたのか。怖ず怖ずと尋ねられ、狩納は首を横に振った。

「いや、お前こそ腹は減ってねえのか」

「もう、時間も遅いですから。足りないようなら他にも用意できますから、言って下さいね」

別に、腹が減っているわけではない。ただ綾瀬の外見と同様に、ちいさな違和感が驚きとなって脳を揺さぶった。

大学生である綾瀬も、晩酌をする狩納のため肴を用意してくれることは多い。帰宅後に酒を飲む場合は、それが夜食を兼ねることがほとんどだ。だが今夜綾瀬が用意したのは、夜食と呼ぶにはあまりに軽いものばかりだった。

「…今日は、忙しかったのか？」

目の前の綾瀬は、狩納の親代わりともいえる弁護士の元で働いている。不意に、そうした事情が脳裏を過った。あたかもその情報は、最初から狩納の内側に存在していたかのように馴染んだ。

「そうでもなかったです。あ、でも染矢先生が急に事務所にいらっしゃって…」

なにかを思い出したように、綾瀬が笑う。やわらかなその横顔に、気がつけば左手が伸びていた。指に絡めるには少し短い鬢《びん》を、中指で掻き上げる。後ろに流すついでに薄い耳殻をつまむと、琥珀色の目が瞬いた。

「狩納さん…？」

見上げてくる瞳に、動揺はない。もっと近くからその目を覗き込みたくて、狩納は小作りな容貌を手でくるんだ。

白い肌は、しっとりとしてあたたかい。大学生の綾瀬の頬と、まるで同じだ。いやもしかしたら、いくらか違いはあるのだろう。そうだとしても、瑞々しい肌は心地好く手に馴染んだ。

気がつけば、吸い寄せられるように上体が傾ぐ。淡い色をした唇に唇を重ねようとして、狩納は動きを止めた。

「す、すみません」

狩納を見上げ、綾瀬が謝罪をもらす。その肩が、ちいさく揺れた。

笑って、いるのだ。

互いの睫が触れ合いそうな距離で、綾瀬が笑っていた。

「…なにがおかしい？」

心底から、怪訝そうな声が出る。

低い響きは、狩納が知る綾瀬であればふるえ上がらずにいられないものだ。そのはずなのに、手のなかの青年は朗《ほが》らかに唇を綻ばせた。

「だって狩納さん…、今日はどうしちゃったんですか」

どうしたもこうしたもあるか。それは俺の台詞《せりふ》だ。怒鳴る代わりに眉根を寄せると、綾瀬が益々肩を揺らした。

「いつもはいきなりアルコールを飲むなって叱《しか》るくせに…、今夜はビールを勧めてくれたり、こんな時間につまみじゃ足りなさそうな顔をしたり…」

「当たり前だろ。俺ァ枯れた年寄りじゃねえんだぜ」

吐き捨てようとして、気づく。

もしや、枯れた年寄りなのか。

目の前の綾瀬が二十代半ばだとしたら、それと同じく狩納自身も年齢を重ねているのかもしれない。

そうであれば、俺は何歳《いくつ》だ。どう見積もっても、三十は軽く越えているだろう。

考えた途端、愕然とした。

おいちょっと待て。歳を取るのは、構わない。だがその結果、俺はたかだか三十ちょっとで深酒もできねえおっさんになり果てるのか。眼を剝いた狩納の表情は無論、唇からもれた言葉そのものがおかしかったのか。すっかり涙の痕跡が消えた目で、綾瀬が笑った。

「なに言ってるんですか、狩納さん。枯れるって」

笑い続ける唇へと、大きく身を乗り出す。言葉の続きごと、狩納は薄い唇を口で塞いだ。

あ、と驚いた声が、直接振動になって口に伝わる。やわらかな、唇だ。覚えのない石鹸《せっけん》の匂いが、鼻先を掠める。同時に、そこに混じる綾瀬の肌の匂いに息がもれた。

「綾瀬」

薄く浮かせた唇の間で、呼ぶ。

低めた声の響きは、綾瀬をぐずぐずと溶かすためのものだ。意図して声を落とせば、案の定引き寄せた痩軀がぶるっとふるえた。

「っ、ぁ…」

可愛い。

十代の学生だろうと、二十代の青年だろうと同じことだ。つんと形よく尖った上唇が美味そうで、狩納はもう一度口を開いた。

「綾瀬…」

名前を呼んで、れろりと舌を伸ばす。唇の割れ目に沿って舌を動かすと、首筋がぞくりと痺れた。

唇の内側は、つるりとして心地好い。角度を変えて下唇を唇で挟み、薄い腰をさする。

簡単に手のなかに収まる腰の細さは、綾瀬のそれに間違いない。背骨の窪《くぼ》みに沿って指を動かすと、んあ、とちいさな声がこぼれた。それすら取りこぼすまいと、深く顔を傾ける。息ごと声を噛み取り、あたたかな口腔へと舌を伸ばした。

「ん、ふ…」

ぴちょ、とぬれた音が、互いの舌で鳴る。味わう、音だ。頬をくるむ手で耳朶をくすぐると、探り当てた舌がひくひくと引きつった。

「狩…」

煙草を吸う習慣のない綾瀬の舌は、錯覚ではなく甘い。強く吸い上げようとすると、白い手が肩に当たった。

その手が、頬へと伸びる。頬骨を掠めた感触に、驚いたのは狩納の方だ。

口づけの最中に、頬へ触れられるくらいなんということはない。そのはずだが、綾瀬にはそんな積極性すら無縁だ。もっと行為が進めば我を忘れてしがみついてくることもあるが、そうなるまでには相応の過程が必要だった。軽く舌を吸った程度では、綾瀬の羞恥心を剝ぎ取ることは難しい。

「綾…」

思わず、顔を覗き込もうとする。頬に触れた手に手を重ねると、白い額がすりつけられた。

欲しがられて、いるのか。いやもしかしたら、ただ親愛を示しているだけかもしれない。どちらにせよ、それはひどく親密な動きだ。

もう一度名前を呼ぼうとした狩納を、琥珀色の目が見上げる。

「な…」

その目は、やはり笑っていた。照れているのかもしれない。そうだとしても、そこには恥じらい以上の笑みがあった。

「本当に狩納さん、どうしたんですか今日は」

だからどうかしてるのは、お前の方だろう。叫ぶことも忘れた狩納の肩を、ぽんぽん、と白い手が労るように叩いた。

「きっと疲れすぎてるんですね。あたたかいお茶と、軽く食べられるものを持ってきます」

待ってて下さいね。

穏やかに告げた体が、するりと立ち上がる。腕を摑んで、引き留める間もない。危なげなく床を踏んだ綾瀬が、台所へと消えた。

おい、と、声を上げようにも音にならない。あまりの衝撃に、瞬くことさえ難しいのだ。

なにが、起きたのか。

思い巡らせようとして、狩納は低く唸った。そのままどっと、ソファの背に体を預ける。さすが、俺が選んだだけのことはあると言うべきか。やわらかなソファは、危なげなく狩納の長身を受け止めた。

無論、今重要なのは、そんなことではない。

あしらわれたのだ。

俺が、綾瀬に。

考えると、頭の芯《しん》がぐらぐらした。とてもではないが、現実とは思えない。そうだ。二十代の綾瀬も、居心地はよいが見覚えのない居間も、全ては夢の産物だ。

こんなもの、目覚めてしまうに限る。

苦い溜め息を吐き、狩納は冷えたビールを引き寄せた。


結論から言えば、目は覚めなかった。

いや、綾瀬が用意した具沢山のスープを食べ、寝台に入り、そして翌朝目覚めはした。しかし夢からは、覚めなかった。

肌触りのよい寝具のなかで眼を開いた時、腕のなかにいたのは二十代の綾瀬雪弥だった。

朝の日差しが、どこまでも清々《すがすが》しい。

昨夜は結局、あたたかくて消化のよい夜食を食べたら途端に眠気に見舞われた。健康的すぎるだろう。悪態も、底を突きそうだ。夢だかなんだか知らないが、朝の勢いを借りてこのまま縺れ込んでやろうか。真剣にそう思ったが、綾瀬を裸に剝く間もなく、世話を焼かれ、手際よく朝食の席へと連れ出された。

解《げ》せない。

一言で言ってしまえば、それだけだ。

難しい顔のまま用意された朝食を食べ、あたたかな茶で一服した。和食を中心にした朝食にも綾瀬の笑顔にも、文句のつけようはない。必然的に黙りがちになる狩納を前にしても、綾瀬が怯えることはなかった。むしろ昨夜より穏やかな様子で、二十代の青年は身支度をして出かけて行った。

すみません。折角狩納さんがお休みを取ってくれたのに。

そう綾瀬が肩を落とす通り、今日の狩納は休みを取っていた。珍しいことだが、事務所には出ず自宅で資料を読んですごす予定だ。本来は、綾瀬も今日は休みであったらしい。だがどうしても外せない用件が入ったとかで、染矢の事務所に呼び出されていた。

ゆっくり休んでいて下さいね。

やわらかな笑顔を見せた綾瀬を、玄関先で見送った。

綾瀬が染矢の元で働いていること自体に、驚きはない。綾瀬は要領こそよくないが、生真面目な性質だ。仕事に慣れさえすれば、着実にそれを成し遂げる。人となりも控え目で、争いの火種を撒《ま》き散《ち》らす心配もなかった。

予定していた休日の返上を迫られる程度には、染矢の元で頼りにされているのだろう。納得はできるが、唸りがもれるのも事実だった。

「出勤、ねえ…」

日差しを浴びるソファで、低くこぼす。

一人で休日をすごす狩納のため、綾瀬は昼食まで用意してくれていた。アボカドと照り焼きにされた鶏のサンドウィッチだ。豆のポタージュに、ショートパスタを使ったサラダ、果物などが添えられている。少し甘い鶏の味つけは、いかにも綾瀬らしい。

料理の味つけに限らず、清潔に整えられた部屋の様子も全てが綾瀬らしかった。それだけに、当たり前のように出勤していく姿には少なからず衝撃があった。

車を出そうとした狩納に、大丈夫ですよ、と綾瀬は首を横に振った。大学生の綾瀬は、一人で登下校することを許されてはいない。だが二十代の青年は、誰の送迎も受けず出勤していくのだ。

それは偏《ひとえ》に、狩納がそうした自由を許しているからに他ならない。

一人で外出させても必ずここに帰宅すると、その確信が三十歳をすぎた自分にはあるのだ。無論綾瀬に危害が及ぶと判断すれば、相応の手を打つことになるだろう。だがそうでない限り、三十になった自分は綾瀬に一人きりでの外出を許していた。

ささやかではあるが、大きな差異だ。

この世界は、狩納が知るものとはやはり違う。

綾瀬もまた、同一ではないのだ。

ここで暮らす綾瀬は大学を卒業し、その後も狩納と生活を重ねた青年だった。五年か、七年か、あるいはそれ以上か。外見上の変化は少なくとも、流れた歳月を無視することはできない。

綾瀬であって、狩納が知る綾瀬ではないもの。

自分の想像に、眉間に深い皺が寄った。これはあくまでも夢であり、現実の綾瀬が二十代の青年になった時、染矢の事務所で働いているとは限らない。それと同時に、そもそも狩納と出会っていなければ、綾瀬が染矢の元で働く可能性そのものが生まれてはいなかっただろう。

一つの選択が、次の道へと繋がる。

どんなささやかな決断や変化であれ、それらを積み上げた先にある結末はまるで違うはずだ。綾瀬のように、一夜にして人生を変えられてしまえば尚更だった。

「…俺が辛気臭くなってどうするよ」

老い先短いじじいじゃあるまいに。

吐き捨て、皿に残っていたサンドウィッチに齧りつく。

三十路となった自分は、結局のところ辛気臭い年寄りでしかないのか。ビールを差し出せば驚かれ、やたらと体によさそうな食事ばかりを並べられる。挙げ句、深く口づけても軽い冗談のようにいなされた。

思い出すだけで、頭の芯が煮えそうになる。奥歯を嚙み、狩納は手にしていた書類をテーブルへと放った。

ここがどこで、自分がどんな夢を見ていようと知ったことか。手のなかのサンドウィッチを、乱暴に平らげる。汚れた唇をぺろりと舐めて、狩納はソファから立ち上がった。


風が、頬を撫でる。上着を持って、出るべきだったか。

そう考えた時、硝子《ガラス》張りの自動ドアが開いた。

御影石の床を踏んで、小柄な人影が現れる。品のよい灰色のスーツが、よく似合っていた。初々しさよりも、清潔さが際立つ。すっきりと整えられた襟足の白さが、やたらと眼を引いた。

時計へと視線を落とそうとした人影が、はっと足を止める。琥珀色の瞳を真正面から捉え、狩納はちいさく顎を上げた。

「早かったな」

短く投げた声に、綾瀬がぱちぱちと瞬く。幸いと言うべきか、その目に涙の痕跡は見当たらなかった。

「狩納さん…」

驚きに声を上擦らせた綾瀬が、小走りに駆け寄ってくる。硬直し、立ちつくしたりはしないのだ。

腕を伸ばし、狩納は青年が抱えた鞄を受け取った。

「どうして、ここが…」

驚きを隠せない様子で、綾瀬がたった今自分が出てきた建物を振り返る。

忙しそうに人が出入りするそこは、それなりに大きな総合病院だ。無性に煙草を吸いたいと思いながら、狩納は舌打ちをもらした。

「染矢に聞いた」

男の言葉に、綾瀬がちいさく息を詰める。

「す、すみません。先生や、事務所の人たちはなにも…。俺の判断で…」

「俺に、心配かけたくなかったんだろ。話すタイミングも、なかったんだろうしな」

しどろもどろの弁明が、綾瀬の唇からこぼれる。平然と笑みを浮かべ、開き直ったりはできないらしい。分かっていたがどこか安堵し、狩納もまた建物へと眼を向けた。

「…すみません。今日、出勤になったのは本当で…」

「知ってる。見舞いに来るためだけに、嘘をついたなんて思っちゃいねえ」

綾瀬を、責めるつもりはない。短く応えた狩納に、綾瀬が長い睫を揺らした。

「…狩納さんは、いつから…」

いつから、気づいていたのか。そして、何故。

戸惑いを映す瞳を見下ろし、狩納はスーツに包まれた肩を引き寄せた。人目のある真昼であろうと、構うものか。華奢な肩を抱いて、車へと促す。

「泣いてただろ、お前」

「あれは…」

昨夜の、ことだ。

狩納が見つけた時、綾瀬は大粒の瞳から涙をこぼしていた。

「本当にドラマ観て泣いてたかどうかぐれえ、分かる。まあ実際、お前は時代劇観て泣く奴だけどよ」

映画を観ながら、大学生の綾瀬が涙ぐむことは少なくない。どこに泣く要素があるのかまるで分からない時代劇にさえ、綾瀬は素直に涙をこぼした。しかし昨夜の涙が、ドラマによってもたらされたものでないことくらい狩納にも分かった。

「泣けるじゃないですか、時代劇…」

やはり二十代になっても、綾瀬は時代劇を観て泣いているのか。下手をしたら、学生時代より涙脆くなっているのかもしれない。そんな様子を思い描き、狩納は肩を揺らした。

「無能な悪代官や浪人崩ればっかで、確かに泣けるかもな。でもよ、昨日お前が泣いてやがった理由は違うんだろ」

男の指摘に、綾瀬が長い睫を伏せる。

「試験勉強が捗《はかど》らなくて泣いてたこともあるにはあるが、お前が泣くのは大抵、お前自身のためじゃねえ」

狩納が涙をこぼすことは、滅多にない。それに比べれば、綾瀬の涙を眼にする機会は度々《たびたび》あった。多くの場合、それは綾瀬自身のために流されたものではない。他の誰かのために、こぼされたものだ。

「そういう、わけじゃ…」

「お前自身のためじゃねえなら職場でなにかあったか、学生時代の連れから連絡でも入ったか…。手っ取り早く調べがつくのは職場だったから、染矢の事務所に電話を入れた」

そんな個人的な用件で、職場に連絡を入れたのか。狩納の言葉にも、綾瀬はそう怒りはしなかった。男の行動を当然だと感じているのか、こんなことには慣れっこなのか。いずれにしても、こうした融通を利かせるために染矢の事務所で働くことを許したようなものだ。

「鉄夫《てつお》の奴も、見舞いに来てたのか？」

綾瀬のために、助手席の扉を開ける。

後にしてきた建物を視線で示すと、青年が静かに頷いた。

「…さっき、頼まれてた書類をなかのカフェで渡して…。叔父さんにも、二人で会ってきました」

今日綾瀬が病院を訪れたのは、叔父を見舞うためだ。

何日か前に、石井《いしい》鉄夫の父であり綾瀬の叔父に当たる男が倒れた。容態は安定しているが、過度に楽観できるものでもないらしい。

連絡を入れてきたのは、石井だ。綾瀬と石井は、現在ではそれなりに親交を取り戻している。

綾瀬に対する石井たちの仕打ちを思えば、見舞いに出向く義理など微塵もない。受け取ったのが訃報だったとしても、狩納は欠片ほどの同情も覚えなかった。だが、綾瀬は違うのだ。

自分が負わされた傷よりも、彼は相手が負った傷にこそ心を痛める。一度は壊れた石井との関係が、今日までの歳月によって再び結びつけられたことも大きな要因だろう。もう一度石井が綾瀬を傷つけることがあれば、今度こそ許しはしない。だが学生だった綾瀬が社会人になったように、状況は変化してゆくのだ。

今では仕事上でも、綾瀬は石井といくらかの繋がりがあるらしい。二人の距離が綾瀬を傷つけないものである限り、狩納はそれを頭ごなしに阻むつもりはなかった。

「…すみません」

何度目かの謝罪を、綾瀬がもらす。

車へと乗り込もうとしない痩躯を、狩納は高い位置から見下ろした。

「怒っちゃいねえよ」

それは、三十をすぎた男が言わせた言葉か。いや、同年代の青年となった綾瀬に、狩納は本心から首を横に振った。

「狩納さん…」

「だが、前にも言ったはずだぜ。ちゃんと、話せ。余計な心配かどうかは、俺が決める」

もし綾瀬が十代の大学生だったら、最初から全てを狩納に告白していただろう。だが年齢を重ねた今だからこそ、伝えるべきか否か悩んだに違いない。

言ってしまえば、些細なことだ。一人で出勤してゆくのと同じように、仕事の合間に叔父の病室を訪ねる。仕事上で石井に会う、その延長のようなものだったのかもしれない。事務所の人間にはきちんと事情と居場所を伝えており、狩納に対しても厳重に隠す意図はなかったのだろう。

尋ねれば、自分から話してくれたかもしれない。分かってはいても、舌打ちがもれそうになる。素直に唇を尖らせ、狩納は立ちつくす体を引き寄せた。

「ていうか、心配くらいさせろ」

どう転んだって、そうせずにはいられないのだ。

それが何歳の、どんな立場の綾瀬だって変わりはない。舌打ちした狩納に、抱いた体がびくりと跳ねる。黒塗りの車の影に立ってさえ、狩納の長身は隠しようがない。いくつかの視線が振り返るのも構わず抱き寄せると、華奢な体がもがいた。

逃げるのか。重ねようとした舌打ちに反し、白い指がシャツを摑んだ。スーツに包まれた両手が、ぎゅっと狩納にしがみつく。

「ありがとう、ございます…」

顔を摑んで、覗き込むまでもない。

涙に曇った鼻声が、胸板に当たった。石鹼の匂いが、鼻先を掠める。よく知ったやわらかな髪に、狩納は唇を埋めた。

顳顬を流れる汗を、首を振って払う間も惜しい。

大きく口を開き、狩納はやわらかな肌へと歯を立てた。

びくびくっ、と、抱いた体が跳ねる。指を含ませた尻の穴までもが、ぎゅうっと締まった。

「んあ、あっ…」

広い寝台に、裸の肢体が落ちている。

半端に引かれたカーテンの隙間から、くすんだ日差しが差し込んでいた。白い体を浮かび上がらせるには、十分な明るさだ。だが適うなら更に明かりを点し、もっと隅々にまで眼を凝らしてやりたかった。

首筋の毛が逆立つような興奮に、喉が鳴る。

組み敷いた綾瀬の肢体には、わずかな弛みもない。強いて言えば、太腿がほんの少し厚みを増しただろうか。ぐ、と摑んだ時の弾力が、肉感的で心地好い。逆に肩や背中は、大学生のそれより薄くなった気がする。瑞々しい丸みに代わり、しなやかな力強さが滲んでいた。

いずれにしても、否応なく興奮を煽られる。

病院の駐車場で、よく裸に剝かずにいられたものだ。自宅の、しかも寝室まで堪えた自分の忍耐に心底から感服する。

染矢の事務所へ、綾瀬を送り届けようなど少しも考えなかった。それどころか予《あらかじ》め、今日はこのまま綾瀬を直帰させる旨を伝えておいた。この周到さは二十六歳の男のものか、あるいは三十歳を越えた狩納のものか。どっちだっていい話だ。はやる気持ちを抑え、狩納は慎重に中指を曲げた。

「っあァ、ひ…」

たっぷりとローションを注いだ尻の穴は、やわらかくぬかるんでいる。押し込んだ指で内壁をさすると、白い爪先が跳ねた。

三十歳を越えた自分は、果たして今日まで何度この体を抱いてきたのか。しなやかな肉体は、二十六歳の狩納の眼から見ても美味そうだ。飽きるどころか、何年たっても執拗に繋がってきたに違いない。それだけの執着を注がれて尚、綾瀬が刺激に慣れることはなかったのだろう。とん、と前立腺を揃えた指で叩くと、面白いように声が上がった。

「っあ、や、だめだ、って…」

泣き声に近い声が、訴える。

前立腺どころか、その奥でも感じるらしい。十分に経験を積まされた肉体は、刺激に鈍くなるどころか過敏さを増している。ぎゅうっと丸まった爪先を視線で撫でて、狩納は殊更丁寧に前立腺を捏ね回した。

「ああっ、ひぁ、あー…」

射精せず、達してしまったのか。

下腹で揺れる綾瀬の性器は、半端に芯を持った状態だ。精液をこぼした様子はないが、それでもぬれた穴がぎゅうぎゅうと狩納の指を締めつけてくる。直腸への刺激だけで、この体は絶頂を味わえるのだ。引きつる尻の穴から、狩納はゆっくりと指を抜いた。

「んんぁ、は…」

全力で走りでもしたように、綾瀬が胸を喘がせる。もうその横顔に、笑いながら狩納をいなす余裕はないらしい。病院の駐車場を出た時から、そうだった。

車に乗り込む間も惜しんで、唇を押しつけた。べろりと唇を舐められても、綾瀬は狩納を窘めはしなかった。信号待ちで車を止めるたび、やわらかな頬や首筋に触れても同じだ。やめろなどと、言わせるつもりはない。そんな狩納の剣幕が、嫌というほど伝わったのか。縺れるように寝台に辿り着いた時も、綾瀬は首を横に振りはしなかった。

彼もまた、望んでいるのかもしれない。そう思うのは、楽観がすぎるか。いや、その可能性を疑うこと自体、自分が二十六歳の男でしかない証に思える。

舌打ちしたくなるあれこれを、嚙みつくような口づけで捻じ伏せた。ぎらついた狩納の眼光に、綾瀬はいくらかたじろいだようだ。しかし裸に剝かれて寝台に沈む頃には、痩せた腕が怖ず怖ずと首筋に絡んできた。

「綾瀬」

名前を呼ぶと、涙にぬれた睫が上下に動く。は、と熱い息を吐く唇が、いかにも美味そうだ。散々搔き回され、つやつやとした色を覗かせる尻の穴もそうだった。色素の薄い皮膚の奥に、鮮やかな桃色の粘膜が口を開ける様子は、どうにもいやらしい。中指の腹でぐるりと穴の縁を辿ると、爪先が寝具を搔いた。

「っあ、ぅ…」

「入れるぞ」

これから、なにをするのか。

それは了解を得るためでなく、その先を想像させるための言葉だ。仰向けに落ちる綾瀬の肩が、ぶるっとふるえる。

「狩…」

もがくように、細い指が狩納に触れた。

今更、やめてくれとでも言うつもりか。自分の想像に、かぁっと頭の芯が熱くなる。歯を剝こうとした狩納を見上げ、綾瀬の手が腕を押した。

引き離す、動きではない。促す動きだ。

伸しかかる体を起こすよう求められ、狩納が眼を見開く。

なにを。そう声にできなかった男に続き、綾瀬もまたのろのろと身を起こした。

「綾瀬…」

おい、と呻いた狩納の背が、なにかに当たる。クッションを積み上げた、ヘッドボードだ。広い寝台へと尻を落とす形となった狩納に、綾瀬が膝で這い寄る。

「…ぁ、重、かったです、か…?」

眼を剝いた狩納の驚きを、どう理解したのか。腿を跨ごうとした綾瀬が、不安そうな声で尋ねた。

重さなど、無論問題にならない。重要なのは、この体勢だ。

寝台に座った狩納の膝へと、綾瀬が乗ろうとしている。

夢、なのか。そうだ。夢だった。

突きつけられた現実を、罵るべきか惜しむべきか喜ぶべきか、全く分からない。額に手を当てて天を仰ぎたい衝動を、狩納はどうにか堪えた。

夢だろうと幻だろうと、知ったことか。腕を摑んで引き寄せると、逆らうことなく薄い体が乗り上げた。

「ん…」

頑丈な狩納の腰を跨ぐには、大きく股を開かなくてはいけない。恥ずかしそうに視線を逃がした綾瀬が、ぬれた腿を広げた。

見せつける動きとは、違う。だが物慣れない仕種とも、いえなかった。固く平らな狩納の下腹に、しっとりとした内腿が密着する。剝き出しの太腿に当たった尻は、肉づきは薄いがやわらかい。体重の全てを預けないよう、膝立ちになった綾瀬が男を覗き込んだ。

「狩納、さん…?」

どうか、したのか。

そんな不安を込めて名前を呼ばれ、我に返る。張りのある尻臀に手を伸ばすと、腹の上で痩軀がふるえた。

「あっ…」

「サービスがよすぎて、驚いた」

本音以外の、何物でもない。だが二十代の綾瀬は、それをどう理解したのか。恨みがましそうに唇を引き結んだ青年が、潤んだ目で狩納を睨めつけた。

「っ…、だって、狩納、さんが…」

「そうだな。頼むぜ」

三十歳を越えた俺は、一体どう綾瀬を抱いていやがるのか。いや、どう抱いてきたのか、と問い質すべきか。

綾瀬が、自分から跨がってくれるのだ。

あの、綾瀬が。

全てが綾瀬自身の自発的な望みに基づくものだとは、いくら図々《ずうずう》しい狩納であっても考えられない。狩納こそが求め、躾《しつ》けた結果なのだろう。よくやったと自賛するには、嫉妬心が勝った。むしろけしからん。それでも腹の上へと差し出された肢体には、否が応でも喉が鳴った。

「…ん、ぁ…」

目元を赤く染めたまま、綾瀬が後ろ手に狩納の陰茎を探る。そろりと触れられたそれは、もう十分すぎるほどに膨らんでいた。

綾瀬に口づけ、好きなだけ尻にローションを注いだのだ。興奮しないわけがない。反り返った肉の質量に、綾瀬がちいさく胸を喘がせる。

半開きになった唇の奥で、ちら、と舌が動いた。狩納を、挑発するためのものではないのだろう。むしろ視線を合わせる勇気も、持たないらしい。耳まで赤く染めたまま、綾瀬が指で支える陰茎へと尻を押しつけた。

「ぅ、あ…、、んん」

ぬれた粘膜が、充血した先端を包む。

むっちりとした、熱い肉だ。呻きが、もれそうになる。

自分の手で陰茎を支え、挿入を助けてやることだってできたはずだ。だが張り詰めた綾瀬の腿や尻をさする以外、狩納は手を貸そうとはしなかった。

そろそろと腰を落とす不器用さにさえ、興奮を煽られる。膝立ちになった姿勢のせいで、繋がる穴の形を覗き込むことはできない。それがいっそう、想像を掻き立てた。十分に長さのある狩納の陰茎を、熱い肉がゆっくりと呑み込んでゆく。

「…っ、は、狩…」

膨れた亀頭が、狭い括約筋をぴっちりと押し拡げた。絞られ、こすられる感触に太腿に力が籠もる。気持ちがいいが、早さを決めるのも力加減を決めるのも、綾瀬だ。寝台についた膝で体重を支え、綾瀬がふるえる腰を慎重に落とす。

焦れったい。今すぐ跳ね起きて、思い切り腰を打ちつけてやりたくなる。そうできれば、どんなに気持ちがいいか。想像に、首筋へと汗が噴き出す。想像と渇望は、最高の刺激だ。無論、綾瀬に焦らす意図などないだろう。口を閉じられないまま、眉根を寄せて喘ぐ青年は真剣そのものだ。

何度この形で繫がっても、きっと緊張するのだろう。贅肉《ぜいにく》のない脇腹を掌でさすると、無防備だった体がびくんと跳ねた。

「んんァ、あっ…」

ぎゅうっと陰茎を締めつけた刺激の強さに、集中力を削がれたのか。大きくふるえた腰が、ずるりと下がった。

「あっ、あ…!」

ぐぽ、と空気を潰す音を立て、陰茎が進む。身構えていたより一息に、亀頭が奥まで届いたらしい。ひあ、と声を上げ、綾瀬がびくびくと仰け反った。

「上手にできたな」

串刺しにされたも、同然だ。どれほどの衝撃が、綾瀬を見舞っているのか。それを分かっていながら、ねっとりと腰を撫で上げる。

座位は、相手の体をいじり回すのに適した体位だ。ひくつく背中をさすって、胸元を両手で包む。左右の親指で乳首を転がすと、強張る尻が跳ねた。

「っひ、ァ」

膨れた亀頭で奥を叩かれただけで、再び達してしまったはずだ。精嚢辺りを抉られたのだから、仕方がない。その刺激が散りきらないうちに、乳首を捏ねる。びくんと跳ねた体が可愛くて、人差し指を加えて乳頭をつまんだ。

「や、ぁ、引、張ったら…」

「気持ちよすぎるか？」

言葉でからかいながら、ぴんと尖った左の乳首を弾く。そうしながら右の乳首を乳輪ごと引っ張ると、綾瀬の腰がくねった。

狩納の陰嚢に、尻を押しつけて捻るような仕種だ。こんな動き、どこで覚えやがった。

無論、全ては狩納の教育の賜《たまもの》なのだろう。あるいは悶えた拍子に、腰が跳ねたにすぎないのかもしれない。なんにせよ反り返った先端が、いい場所を抉ったらしい。腰を引きつらせ、綾瀬がぬれた声を上げた。

「っア、ぃ…」

「ん？　乳首とケツ、どっちが気持ちよかったんだ」

ケツ、と露骨に言葉にされると、恥ずかしいのか。ただでさえ上気した首筋を赤く染め、綾瀬が首を振ろうとした。歪められた目元をもっとよく見たくて、つまんだ乳頭をこりこりと掻く。

ぷっくりと尖ったそこは、狩納が知る通りきれいな色をしていた。控え目な桃色で、ふにふにとやわらかい。それが今は緊張に皺を寄せ、引っ張られるまま形を変えていた。

「黙っ、あ…」

「奥、きゅうきゅうしてるぜ？」

言葉の通り、狩納の陰茎を呑む穴は切なそうにうねっている。勃起した狩納の亀頭は、綾瀬の臍下近くにまで届いているに違いない。行き止まりと思える場所に先端が当たり、喉が鳴った。

「ぁ、言…」

綾瀬の膝は、いまだ完全に力を失ってはいない。それでも乳首への刺激に気を取られると、どうしたって腰の動きが疎かになる。咎めるよう尻を摑み、前後に軽く揺すぶった。

「んあっ、ぅ…、あ」

くちゃ、と味わう音を立てて、綾瀬の尻から陰茎が抜け出る。弾力のある括約筋が、血管を浮き立たせた肉を扱くのが気持ちいい。ずるん、と抜き出すと、綾瀬の下腹で性器がひくついた。

「もう一回、奥に当てるか？」

「や…」

体のどこで、感じているのか。言葉で教えられると、堪らないのだろう。もがくのを許さず引き下ろせば、ばちゅん、と繋がった場所で大きな音が鳴った。

「ひっ、んア、あ…」

やわらかな尻に指を食い込ませ、もう一度腰を上げるよう促す。だが腹の奥を撲たれた性感で、それどころではないらしい。半開きの唇からとろりと涎をこぼし、綾瀬が尻をふるわせた。

「んんぅ、は…」

華奢な腕が、もがくように狩納へと縋る。これ以上は無理だと、泣き言をもらすのだろう。そんな予想に反し、汗ばんだ体が身動いだ。

「ぅ、あ…」

頑丈な男の肩を摑んだ綾瀬が、ぎこちなく腰を上げる。奥まで届く感触から、逃れようというのか。いや、そのためだけではない。狩納に刺激を与えるため、綾瀬がそっと腰を回した。

「…あ、んぁ、は…」

深くにまで入りすぎないよう、ゆっくりと腰が落とされる。上下に浅く揺すられると、絞られるような気持ちのよさがあった。

「そこが、好きか？」

「あ…」

健気に内腿に筋を浮かせ、亀頭が抜け出てしまわない深さで出し入れされる。張り出した雁首が、同じ場所をごりごりと捏ねるのが分かった。ぎこちなくも、綾瀬が擦りつけているのだ。

「んぁ、狩…」

「止めるなよ」

ふるえた綾瀬の尻を、軽く張る。ぺちんと鳴ったちいさな音に、驚いたのか。身動いだ拍子に、亀頭が思いがけない強さで前立腺を抉ったらしい。悲鳴を上げた綾瀬の尻が、ぎゅうっと陰茎を締めつけた。

「っァ、はっあ…」

悶えながらも、尻の動きを止められないのか。ぐぷぷ、と深く腰を落とされ、肉の熱さに首筋を汗が流れた。

「お前が俺のちんこ使って気持ちよくなってやがるの、最高にいい眺めだぜ」

「…ぁ、違…」

首を横に振りたくても、体を支えるだけで精一杯なのだろう。とろりと下がった瞼までもが悩ましくて、狩納は堪えきれず腰を揺すり上げた。

「ひァっ…」

「どこが違うんだ」

体を引こうとするのを許さず、右の乳首を引っ張る。すべらせた掌で下腹を圧せば、抱いた体が悶えた。

「だめ、あっ、触…」

体を支えきれず尻が下がると、こつん、と硬いものが亀頭に当たる。硬いと感じるのは、無論錯覚だ。衝撃は、綾瀬にこそ強く響いているのだろう。ゆるみっぱなしの唇から涎がこぼれ、もがく指が狩納に縋った。

「確かに、駄目ってほどじゃねえが、間怠《まだる》っこしくはあるな」

深々と陰茎を咥え込んだ綾瀬が、自分の上で腰を使う。性器に加えられる摩擦以上に、その事実にこそ興奮させられる。ずっと眺めて、味わっていたい。そう思う反面、下腹に溜まる熱はとっくに限界を超えているのだ。

「待…、ぁ狩納、さ」

ぐ、と強く尻を握ると、腕のなかで痩躯がもがく。逃げようとするのを許さず、狩納は大きく腰を突き上げた。

「あッ、ひ」

寝台に座る姿勢では、どうしたって満足には動けない。それでも腰を突き出すと、行き止まりと思える場所に亀頭が食い込んだ。先程よりも重い衝撃に、綾瀬が息を詰めて喉を反らす。逃がすまいとする本能のまま、腰が追った。

「…ァっ、待っ、んぁ、待…っ」

悲鳴じみた声にまで、脳味噌が痺れる。我慢できず、狩納は右足を引き寄せると寝具を踏み締めた。

「あァっ、無…」

無理だと喚かれても、止まれるわけがない。尻の肉をがっちりと摑み、縺れるまま体を前に倒す。抱えた綾瀬を背中から寝台に落とし、押し潰す勢いで腰を打ちつけた。

「ッひ、あ…」

ごつ、と強い衝撃が腰を伝って脳天にまで響く。

結腸の入り口を、亀頭がこじ開けたのだ。はく、と、綾瀬が声も上げられずのたうつ。ようやく得られた刺激の強さに、深い息がもれた。ぞくぞくとした興奮が背中を覆って、視界が狭く収斂《しゅうれん》する心地がする。

「ちゃんと、息してろよ」

叩きつけられた性感の強さに、綾瀬はまだ対応しきれていない。分かってはいたが、休ませることなどできず腰を摑んだ。両手の指を食い込ませ、ずるっと陰茎を引き出す。退いたその丈の長さだけ、勢いをつけて押し込んだ。

「あアっ、ひ、ぁ、狩…」

汗ですべる皮膚がぶつかって、ばちんと高い音が鳴る。引っ切りなしにこぼれる綾瀬の声が、ぬれた音に重なった。

顳顬から、汗が落ちる。

綾瀬が与えてくれた性感は、どれも狩納を甘やかすものだ。気持ちよくはあるが、しかし満足からはほど遠い。ぐぽ、と音を立てて精嚢を押し潰すと、組み敷いた体が大きく跳ねた。

「ッ、あっ、そこ…」

泣き出しそうな声は、悲鳴に近い。分かっていたが、にた、と唇が歪んだ。

結腸の入り口に、みっちりと亀頭を擦りつける。キスするように軽く小突くと、尻の穴が健気に締まった。甘ったるい刺激の終わりに、もう一度体重を乗せて突き上げる。

「ひァっ、っあー…」

切迫した声が、高く響いた。だがそれは、どうしようもなくぬれている。

「綾瀬」

もがいた綾瀬の腕が、狩納の首に当たる。押し返す代わりにぎゅうっとしがみつかれ、その強さに背筋がふるえた。

「綾瀬…」

我慢すればするほど、気持ちよくなれる。分かっていたが、これ以上引き伸ばすのも惜しい。強く眼を閉じ、狩納は加減なく腰を押し込んだ。

「ッあァ…、狩…」

汗にぬれた肌に額を押し当て、注ぎ込む。内壁に擦りつけるように射精すると、腕のなかで痩軀がくねった。

「あ…狩…、っは…」

石鹼の匂いを押し退けて、よく知った肌の匂いが鼻腔を満たす。顳顬に鼻面を擦りつけた狩納に、綾瀬が顎を上げた。

苦しくて、喘ごうとしたのか。あるいは、狩納を呼ぼうとしたのかもしれない。それを確かめることなく、切れ切れの息をもらす唇に口づけた。

「…んぅ、ぁ、は…」

忙しない呼吸の音が、唇の間で跳ねて頭蓋に響く。ひくつく舌を強く吸うと、繫がった肢体がぶるっとふるえた。綾瀬もまた、射精したのだ。いや、射精を伴うことなく、もう何度も達し続けているのか。

低い笑い声をこぼし、甘い口腔をれろりと舐める。

この体の隅々までを、知っていた。唾液の味も、口腔の熱さも、汗にぬれた肌のやわらかさも、なにもかもをだ。

どろりと溶けて、混ざり合う。

学生の綾瀬が、そして二十歳を越えた綾瀬が。ここがどこで、自分が何者であるかさえ些末なことだ。それ以上に確かなものを、この両腕は摑んでいる。

「綾瀬」

唇の動きだけで名前を呼べば、琥珀色の瞳が瞬いた。こんな熱のなかでも澄んだ色が、狩納を映す。

涙の膜の上で、狩納自身の影が笑った。

「なに笑ってんだ」

尋ねた狩納に、綾瀬が身動ぐ。

窓の向こうに犇《ひし》めくのは、街灯の光に薄められた夜の気配だ。部屋の明かりを点けないまま、狩納はのっそりと体を起こした。

「…泣きそうだな、と思ってたんですが…」

のろのろとした仕種で、綾瀬が自らの顔に右手を当てる。

寝台に体を投げ出す様子もその仕種も、ひどくいとけない。とてもではないが、誰の目にも自分と同世代の男には見えないだろう。笑い、狩納は行儀悪く胡座を掻いた。

乱れたままの寝具に、飴色の髪が落ちている。二度も三度も、好きなように食い散らかされたのだ。ぐったりと横たわることしかできない綾瀬の額から、狩納は人差し指で前髪を払った。

「俺とのセックスが、よすぎてか」

恥ずかしげもなく笑った男に、綾瀬が泣き出しそうに顔を歪ませる。

「…社会人失格ですよ、俺…。結局狩納さんに迷惑かけた上に、仕事まで早退しちゃったし…」

苦すぎる息が、切りもなく寝具にこぼれた。

確かに、誇れることではない。だがそんなもの、狩納にはどうだってよかった。

「いいじゃねえか。最初から事務所には戻る予定じゃなかったんだろ」

病院へは、事務所での仕事を片づけてから向かったと聞いている。狩納が連絡を入れた時も、病院での用件が終われば直帰する予定だと事務所の人間に教えられていた。

「それは、そうですが…」

二十歳を越えても、綾瀬の生真面目さに変わりはないらしい。夢のなかの彼でさえ、と言うべきか。

本当に、奇妙な夢だ。眠っても目覚めても、二十代の綾瀬と性交し終えてさえ、夢から覚めはしなかった。尤もどんな状況であれ、綾瀬を堪能できたのだから文句はない。

しかしこれは本当に、夢なのだろうか。

胸を過った可能性に、ちいさく眉をひそめる。

今眼の前にいるのは本物の綾瀬で、自分こそがうっかりあるべきでない現実に迷い込んだのではないか。それは、あまりにも突飛な想像だ。そんな考えが生まれること自体、やはりこれは夢なのか。

溜め息を嚙む代わりに、やわらかな髪を搔き上げる。

夢であろうとなかろうと、こうして触れる綾瀬には確かなぬくもりと存在の重みがあった。愛おしいその体温に、唇を寄せる。

「たまには羽目外さねえとな」

「たまには、ですか」

繰り返した綾瀬が、苦く唸った。

「どうした」

「いえ…。昨日から、狩納さん…」

難しそうに唇を引き結んだ綾瀬に、眼を眇める。

「若造みてえに、はしゃぎすぎだってか」

「なんですか、それ」

三十歳をすぎた自分がどんな男なのか、当然狩納は知りようがない。ぶすりと声を落とした男に、綾瀬が長い睫を揺らした。

「不思議そうな顔してやがっただろ、昨夜からお前」

「…あれは…、なんて言うか、意外だなって思って…」

思い当たる節があったのだろう。やっぱり、そうじゃねえか。下唇を突き出した狩納へと、あたたかな手が伸びる。寝台に身を預けたまま、する、と綾瀬が狩納の額から髪を払った。

「久し振りに、お酒を勧めてもらったりして、驚いたのもありますけど、なんて言うか…、狩納さんは、いくつになっても…」

独り言《ひとごと》のようにこぼした唇が、ふと綻ぶ。

それは、少しだけ知らない表情だ。

年齢を重ねた狩納だけが、見てきたものなのか。そう考えると、舌打ちがもれそうになる。分かりやすい嫉妬心に背を押され、狩納はほっそりした指へと歯を立てた。

「いくつになっても、なんだ」

続きを促した男に、綾瀬が困ったように眉尻を下げる。頑丈な顎に力を込めると、琥珀色の瞳が笑った。

「……いくつになっても、狩納さんは狩納さんだなあと、思って…」

そいつは、褒め言葉なのか。

枯れたじじいだと言われるのも癪《しゃく》だが、こんな目をして笑われるのも腹が立つ。まるで自分が、本当に年甲斐のない若造になった気分ではないか。

「どういう意味だ」

低く凄んで、シャツ一枚身につけていない綾瀬へと手を伸ばす。なめらかな腰に手を這わせると、あ、と瘦せた体が身動いだ。

「どう、って、言葉の通り…」

「枯れてじじ臭ぇと思ってやがるのか、年甲斐もねぇと思ってやがるのか、どっちだ」

こんなことで詰め寄ること自体、若造である証左か。舌打ちをもらしかけた男を、驚いたような目が見上げた。

「枯れてるって狩納さん、どこがです」

心底不思議そうに、綾瀬が声を裏返らせる。

「あ?」

それは、つい今し方の性交を指すものか。確かにあれは、枯れてはいなかっただろう。問題は、先程以外の諸々だ。

「か、狩納さんは枯れるどころか、仕事にも相変わらず精力的だし、俺なんかと違って、いつだって格好い…」

懸命に言い募ろうとした綾瀬が、自分自身の言葉にはっとする。

格好いいと、そう言おうとしたのか。慌てて口を覆った綾瀬を、狩納はまじまじと見下ろした。驚きと、同じくらい率直な喜びが鳩尾を撲つ。

綾瀬が褒めたのは、あくまでも三十路の男かもしれない。それを思えば複雑だが、そうだとしてもこの口から思いがけない言葉を聞けたのだ。いくつであろうと、格好いい。そう言われたのなら、悪くはなかった。

「自分なんかと違うってなあ、なんだ。お前こそ立派に働いてるじゃねえか」

今日は、叔父の見舞いまで果たした。

綾瀬は、病院を怖れている。早くに両親を亡くした悲しみは、綾瀬に深い傷を残しているのだ。二十代になった今でも、それは変わらないだろう。

綾瀬が親族を見舞うため病院を訪ねるには、相応の覚悟が必要だったはずだ。労るように唇を寄せた狩納に、青年がくしゃりと顔を歪めた。

「全然立派なんかじゃ…。今日だってこんなだし、本当に恥ずかしいですよ。俺、もう四十も間近だっていうのに」

今、なんと言った。

聞き間違えようのない言葉に、息を呑む。

四十路《よそじ》と、言ったのか。目の前にいる綾瀬は二十代ではなく、三十代だというのか。

おい、待て嘘だろう。

声を上げようとしたその瞬間、世界が暗転した。


跳ね起きる。

文字通りがばりと起こした体を、よく知った匂いが包んだ。

馴染んだ寝具と、清潔な石鹼の匂いだ。

真新しい朝の光が、眼に染みる。前髪が目元に落ちるのにも構わず、狩納は腕を伸ばした。

体を預ける寝台に、乱れた羽毛布団が落ちている。ほとんど厚みを感じさせないそれを、狩納は躊躇することなく剝いだ。

「ん…」

声になりきらない息が、もれる。声の主である肢体が、狩納の脇でもぞりと動いた。

「…狩…」

なにが起きたのか、まるで吞み込めずにいるのだろう。まだ眠りの半ばで、綾瀬が呻いた。

夢を、見たのだ。

そうだ。あれは夢だった。

生々しい手触りと驚きが、ありありと体の内側に残っている。

本当に、夢だったのか。疑問がぞろりと首筋を舐めて、今この瞬間こそが夢なのではないかと疑いたくなる。眩しい陽光のなかでさえ、夢と現実の境界は曖昧だ。ぐ、と綾瀬の肩を摑むと、琥珀色の瞳が揺れた。

枕へと落ちる飴色の髪は、よく知った長さだ。眩しそうに顔を顰《しか》める様子は、たった今夢のなかで笑っていたそれよりも幼く見える。

幼い。

言葉の定義に、柄にもなく脳味噌が混乱した。

「狩納、さ…？」

何故唐突に、布団を剝ぎ取られたのか。それを理解するどころか眠りから浮上しきれず、綾瀬が呻く。

「いくつだ」

叩き起こされた綾瀬に、同情する気持ちは確かにある。実に下らない理由だとの、自覚もあった。それでも確かめずにいられなくて、揺り起こす。

「…ふえ？」

「綾瀬、お前は何歳だ」

低くなった狩納の声に、長い睫が力なく上下する。夢の浅瀬から抜け出しきれず、薄い瞼がとろりと下がった。

「……じゅう、く？」

語尾は疑問形であったが、十分だ。

十九歳。

そうだ。無防備に横たわる綾瀬は、確かに十代の学生だった。

「なに、が…」

目を閉じたまま、綾瀬が呟く。覚醒からは遠くとも、狩納の剣幕に異変を読み取ったのだろう。首を傾げようとした少年を、狩納は朝の光のなかで見下ろした。

寝具であたためられた綾瀬の肌は、つやつやと血色がいい。夢のなかの綾瀬も、同じだ。瑞々しい肌は白く、やわらかな光沢を帯びていた。しっとりと心地好い手触りまでもが、蘇る。

あれが、四十間近な男の持ち物であってたまるか。いかに夢といえども、あまりに非現実的だ。

いや、本当に、あり得ないことだろうか。

湧き上がった疑念に、狩納は声にも出せず呻いた。

今でさえ、綾瀬は二十歳を目前にした大学生にはとても見えない。二十年たった時、十歳以上若く見えるわけがないと断言することはできなかった。

二十年後の、綾瀬雪弥。夢のなかの彼が三十九歳だったとしたら、二十六歳の自分と同年代どころか年上ではないか。

愕然とすると同時に、気づく。あいつが四十路手前なら、俺は何歳だ。思い至った事実に、眼を剝かずにいられない。そりゃあ胃にやさしい夜食を並べられ、笑いながらキスをいなされもするだろう。

「狩納、さん…？」

厳つい掌に額を押し当てた狩納を、細い声が気遣う。深すぎる息をもらした狩納に、やさしい手が触れた。

「…さっきから、どう、したんです…？　怖い夢でも、見たん、です、か…？」

指の隙間から見下ろす綾瀬は、いまだまともに目を開けることもできずにいる。寝ぼけて、いるのだろう。眠りの浅瀬に片足を突っ込みながらも、白い手が狩納の頭を撫でた。

夢のなかで額に触れた、やわらかな指の感触が蘇る。

二十代の、いや三十代の綾瀬の指は、器用に動いた。今の狩納よりも歳月を重ねたそれが、慣れた仕種で汗にぬれた髪を払ったのだ。

この瞬間、狩納に触れる指は器用とは言いがたい。半ば眠りのなかにあることを差し引いても、十代の綾瀬は物慣れなかった。

「狩…」

気遣う瞳が、瞬く。

夢のなかの手と、こうして自分に触れる指とは別のものだ。だが二人の綾瀬は、よく似ていた。経験による器用さを持たなくとも、こうして自分を気遣う琥珀色の目は夢のなかの輝きとまるで同じだった。

「怖くは、ねえな」

言葉にすると、ちいさな笑みがもれる。

怖い、夢などではない。むしろ、あんなよい夢があるだろうか。

「お前が、三十路になってた」

覚醒からはほど遠い綾瀬の耳に、狩納の言葉は半分も届いていないだろう。分かっていたが、声にせずにはいられなかった。

「三、十…」

繰り返す綾瀬の声は、とろりと眠気にとろけている。重たげな瞼に覆われた瞳へ、狩納は深く身を屈ませた。

「おう。四十近いお前ぇと、一緒に暮らしてるんだ。悪い夢じゃねぇだろ」

三十路の綾瀬は健康そうで、そして実に可愛かった。

あの綾瀬と暮らす狩納北は、二十六歳の自分が知り得ない綾瀬を知っている。大学生だった彼が三十九歳の大人になるまでの日々を、間近に眺めてきたのだ。それを思うと、当然のように嫉妬の炎が腹を舐めた。狩納自身だと言われても、腹が立つものは腹が立つ。

拳の一発でもくれてやりたいところだが、三十路の綾瀬を抱けたのだから溜飲《りゅういん》を下げるべきか。四十を越えた狩納からすれば、寝取られたも同然だろう。

いずれにしても、三十路の綾瀬の隣には己がいた。短くない歳月を、共に重ねたのだ。夢のなかの出来事でしかないのは、よく分かっている。それが現実になる保証は、どこにもない。幸運にも同じ時間を歩めたとして、夢のなかそのままに綾瀬が長じるわけでもなかった。

可能性も選択肢も、無限にある。約束されたものなど何一つなくとも、それでもよい夢だと確かに言えた。

「四…十の、狩納さんと、一緒に…」

瞼の向こうで、綾瀬の眼球が揺れる。

笑ったのかも、しれない。幸福そうにゆるんだ口元に、またしても狭量な嫉妬が湧きそうになる。

たとえ夢や想像であっても、綾瀬を独占するのは四十路の男ではなく狩納自身でなければならないのだ。

「働いてるお前も、格好よかったぜ。…身長は、変わってなかったけどな」

やわらかな唇を、むい、とつまむ。無論、痛みを与えるためではない。あたたかな頬へと唇を落とすと、綾瀬の眉尻が下がった。

「……なんて、恐ろしい、夢…」

泣き出しそうにふるえた声に、笑いが爆ぜる。

一秒先の未来でさえ、見通せる者はいない。そうだとしても、この素直な彼を手放すつもりは毛頭なかった。三十路の綾瀬もまた、同じだ。全てを、手に入れる。

迷いのない両腕が、十九歳の綾瀬を抱き締めた。

お金がないっ
小説版EX《エクストラ》の発売を記念して!
タイムマシン再びや〜〜〜!!
今回の行き先は過去じゃなくて未来ですか
まっちゅーても
いくつも分岐する世界線の一つやけどな!
十年後か…
タイムマシン 旅のしおり
俺と綾瀬《あやせ》は誰も入り込む余地もない絆で結ばれてるに違いねえな
いいんですか社長 そんな巨大なフラグを立てて
EX
タイムマシン再び
わーーっっ!!
ああっ!? 久芳さん――!
久芳途中転落
おっ 到着でっせ ワクワクしまんなー
そっ それよりすぐに助けに行かないと…
どこかの時代に取り残されて
心配すんな どうせ自力で戻って来る
そんな…
!
ガチャ
お帰りなさい狩納《かのう》さん
おう
この声は――

お仕事お疲れ様です狩納さん
遅くなって悪かったな綾瀬
十年後の綾瀬…！
十年後の狩納さん……！
いやいやええ感じやんか二人とも！
兄さんは男前やし
綾ちゃんも相変わらずごっつ可愛いし
せやけど思ったよりあんまり変わってへんような——
食事にしますか？
お風呂にしますか？
それとも——

俺を…？
!?
聞くまでもねえだろ
あっ…♡
んっ…
狩納さん…っ ベッドに…
あっ…
そこまで待てねえよ

俺もです
何時間も狩納さんに会えなくて寂しかった……
だから
いっぱい…して下さい
う…
ドサ
嘘だろ――!!

!?
ああ タイムマシンですか
そういえば前にもありましたね
なつかしいなぁ
イチャ
イチャ
でも いきなり同じ顔の人が現れてびっくりしました
ねえ 狩納さん
いや びっくりなのはこっちだ…！
さっきのアレといい
エロく誘えと強要されてるとか酔っ払ったせいでエロくなってるとかじゃなくて
本当にまじでシラフで自分から望んでやってんのか…!?
はい だって

俺達
愛し合って
ますから♡
な♡
……!!
ヨロ…ッ
くっ…
なんや兄さん
嬉しないんでっか
理想的な未来
やんか
…
ここまで想像を
超えてると
喜びの感情が
わいてこねぇ…
一体何を
どうやったら
こんな状態に
なれるんだ…⁉
──ああ
それは…

てめえには無理だ。
大人の余裕や包容力が圧倒的に足りねえ何かっちゃすぐぶちギレるみっともないガキだからな
くやしかったら俺のような寛容さを身につけて――
ハッ
ゴンッ
ブッ殺すぞクソガキが――!!
うるせえッ年寄りが調子に乗りやがって!!
二度とクソうぜえ説教出来ねえように今すぐ墓に入れてやるぜ
寛容さとは。
ドカッ
どうやら兄さんは今も未来も同レベルのようやな
バキ
ちゅうことは未来の二人がラブラブなんは
綾ちゃんのおかげっちゅうわけか
こっちの世界のスーパーパーフェクトな綾瀬雪弥《ゆきや》の――
ぐはアッ
ふざけたこと言ってんじゃねえぞ祇園《ぎおん》……!
ガッ
ドゴッ

俺の綾瀬は最高の綾瀬だ！
俺達の方がもっといい関係になれるに決まってんだろうが——!!
……！
それにしてもむかつく……！
クソ親父より傲慢で何様なクソ野郎を初めて見たぜ
鏡見たことなかったんでっか兄さん
未来になんか行くんじゃなかったぜなあ綾瀬
え…っ
あ…
でもあの
いいことも…ありました…よ…？
ん？
何か言ったか？つかどうした顔赤いぞおまえ
なつかしいなー
狩納さんも昔同じこと言ってくれましたよね♡
END

あとがき

この度は『お金がないっEX NOVEL SIDE』をお手に取って下さいまして、ありがとうございました。

従兄の借金の形《かた》に競売にかけられた大学生（受）と、それを落札していきなりエロいことをしまくってしまったやくざな金融屋（攻）のお話です。狼《おおかみ》の巣に暮らすも同然の綾瀬《あやせ》（受）ですが、短編を集めた今回の本はひたすらいちゃいちゃしております。

「ご自宅の本棚で、コミックスの隣に並べて頂けるまんがに近い判型の小説本を」というコンセプトの元、今回まさかの「小説版EX」をご企画頂くことができました。嬉《うれ》しいことに、発売はコミックス17巻とほぼ同時。コミックスと対になるチェスな表紙&まんがを描いて下さった香坂《こうさか》さん、本当にありがとうございました！　まんが版の表紙も素敵！　今回は挿絵ではなくまんがを描き下ろして頂こう、という企画でもありましたので、三十路《みそじ》の狩納《かのう》を挿絵で頂戴する代わりに沢山まんがで描いて頂けて嬉しかったです。

どの作品も、制作時にはその時できる精一杯をぎゅうぎゅう詰め込んだはずなのですが、見返せばやはり悲鳴がもれます。「この時の私は何故これでいいと思ったのか」と、真剣に我が身を疑い呪うしかありませんが、今回は呪うだけでなく「今の私」によって作品の一つ一つに鉋《かんな》をかける機会を与えて頂くことができ、本当に嬉しかったです。後日見返せば、やっぱり悲鳴を上げて自分を疑うことになるとは思いますが、それでもどの作品も思い切り修正することができ幸せでした。

今回収録頂いたなかで、一番古いものは「困惑のアボガドロ定数」になります。こちらは、結果的に八割方新しく書き直させて頂きました。

元々どの話も、何本かまとめて掲載する前提では書いていなかったので、各話ごとにエロい場面が登場します。これを一冊にまとめるとエロ多すぎでは？　と思いつつ修正に励んだのですが、気がつけば「困惑のアボガドロ定数」にも大工事ついでにエロい場面を書き足していました。私ときたら。いやでも、過去の私は作中の物理のお勉強をやや疎《おろそ》かにしていた気がするので、狩納と綾瀬にはもう少し勉学に励んでもらわねばとの思いからです。…私ときたら。

そのような反省（？）を重ねつつ、一本でも多く作品を収録できるように、そして書き下ろしもたっぷり入るように…と編集者T様がご苦心下さった結果、気がつけば当初の企画より二折ページ増（お値段は据え置き！）のこの本が仕上がりました。私にとって、新書版以外の判型（しかも驚きの一般書籍扱い）は今回が初めてです。今回に限らず、T様には本当に沢山の初めての山を登らせて頂くことができ感謝の気持ちでいっぱいです。

最後になりましたが、今回も無茶振りにおつき合い下さったなお様、本当にありがとうございました。そしてなにより、この本をお手に取って下さいました皆様に心からお礼申し上げます。

どのお話も私にとっては特別なものですが、狩納と綾瀬たちはそのつき合いの長さも含め、「特別な」二人です。そんな彼らの本をこのように素敵な姿で形にして頂けて、感謝の気持ちしかありません。これも偏《ひとえ》にこれまでの本たちを、そしてこの本をお手に取って下さったあなた様のお蔭です。少しでも楽しんで頂ける内容に仕上がっていたならば、これ以上嬉しいことはありません。まだまだ書きたい彼らのお話は沢山あるので、形にできる日が来ますよう是非応援してやって下さい。ご感想などお聞かせ頂けましたら、飛び上がって喜びます。

またどこかでお目にかかれる機会がありますように。最後までおつき合い下さいましてありがとうございました。

篠崎《しのざき》一夜《ひとよ》

香坂さんと共同で、活動状況をお知らせするサイトを制作頂いています。Twitterなどもありますので、よろしければお立ち寄り下さい。

http://sadistic-mode.or.tv/（サディスティック・モード・ウェブ）

初出

秘密の恋人――――――――2017年8月発行　同人誌「うけのきもち7」

困惑のアボガドロ定数 ―――2009年8月発行　同人誌「3時のお茶に毒薬を」

ヘヴィースケジュール ――――2016年5月発行　同人誌「ヘヴィースケジュール」

電気羊と夢の国 ―――――2017年3月発行　同人誌「狩納北EX」

新宿ワンダーランド ――――2015年8月発行　同人誌「新宿ワンダーランド」

寝ても、覚めても。 ――――書き下ろし

タイムマシン再び ―――――描き下ろし

お金がないっEX NOVEL SIDE

2021年3月31日　第1刷発行

著者 ………………… 篠崎一夜《しのざきひとよ》

発行人 ………………… 石原正康

発行元 ………………… 株式会社　幻冬舎コミックス
〒151-0051
東京都渋谷区千駄ヶ谷4-9-7
電話 03-5411-6431（編集）

発売元 ………………… 株式会社　幻冬舎
〒151-0051
東京都渋谷区千駄ヶ谷4-9-7
電話 03-5411-6222（営業）
振替 00120-8-767643

装丁 ………………… 清水香苗（CoCo.Design）

印刷・製本所 ………… 株式会社　光邦

ISBN978-4-344-84831-3 C0093
Printed in Japan

幻冬舎コミックスホームページ　https://www.gentosha-comics.net